W9-ALN-747

RASCAL

DISCARD

WEST GEORGIA REGIONAL LIBRARY SYSTEM
Nova Lomason Memorial Library

Medalla Newbery

STERLING NORTH

RASCAL
MI TREMENDO MAPACHE

4
vientos

EDITORIAL NOGUER, S.A.
Barcelona-Madrid

Título original
Rascal

© 1963 by Sterling North
© 1963 Editorial Noguer, S.A.
Santa Amelia 22, Barcelona.
Reservados todos los derechos.
ISBN: 84-279-3109-3

Traducción: Nieves Morán
Cubierta e ilustraciones: John Schoenherr

Séptima edición: mayo 1995

Impreso en España - Printed in Spain
Mysitac, S.L., Barcelona
Depósito legal: B-17.816-96

Para Gladys, mi constante compañera
en la observación de nuestro mundo silvestre

"Podría escribirse un libro muy interesante sobre el mapache. Por su energía industriosa y su abundancia de recursos, este animal merecería ser elevado al rango de Emblema Nacional [de los Estados Unidos] en lugar de la parásita Águila Pelada, que se alimenta de carroña."

Ivan T. Sanderson,

en *Mamíferos Vivos del Mundo*

CAPÍTULO PRIMERO

Mayo

En mayo de 1918 entró en mi vida un nuevo amigo y compañero: un personaje, una gran personalidad, un prodigio de rabo a franjas. Pesaba menos de una libra cuando le descubrí, hecho una bolita de piel, todo debilidad y curiosidad incipiente, indefenso, aún sin destetar. Wowser y yo nos sentimos sus protectores inmediatamente. Nos habríamos peleado con cualquier niño o perro del pueblo que hubiera intentado hacerle daño.

Wowser era un perro de guardia, excepcionalmente inteligente y responsable, que vigilaba nuestra casa, con sus céspedes y jardines, y todos mis animalitos. Pero a causa de su gran tamaño — setenta y ocho kilos — de gracia musculosa y elegante — rara vez tenía que apelar a la violencia. Podía lanzar de una sacudida a cualquier perro del barrio como un terrier a una rata. Wowser nunca empezaba una pelea, pero después de que le desafiaban, le molestaban y le ofendían, acababa por volver su cara preocupada y sus grandes ojos tristes hacia su atormentador, y, con más melancolía que cólera, agarraba al intruso por la piel del cuello, y le tiraba al arroyo.

Wowser era un afectuoso perro de San Bernardo, perpetuamente hambriento. Como la mayor parte de los perros de su raza, babeaba un poco. En casa, tenía que tumbarse con el hocico en una toalla de baño, y los ojos bajos, como ligeramente avergonzado. Pat Delaney, un tabernero que vivía un par de manzanas más arriba, decía que los perros de San Bernardo babean por la mejor razón de todas las razones posibles. Explicaba que, en los Alpes, esos nobles perros se ponen en marcha todos los días de invierno con barrilitos de coñac atados al cuello, para salvar caminantes perdidos en los aludes de nieve. A fuerza de llevar coñac durante muchas generaciones, sin probar siquiera una maldita gota, han adquirido tal sed que babean continuamente. Este rasgo, decía Pat, ahora se ha hecho hereditario, y enteras camadas de cachorrillos de San Bernardo, vivaces y sedientos, nacen babeando por el coñac.

Aquella agradable tarde de mayo, Wowser y yo nos pusimos en marcha por la Calle Primera arriba, hacia la Avenida Crescent, donde un semicírculo de casas de fines de la época victoriana disfrutaban una gran perspectiva en lo alto de la cuesta. Al Norte, quedaban millas y millas de prados, arboledas, un río con meandros, y el mejor pantano de patos y ratas almizcladas que hay en el Condado Rock. Al bajar doblando por una vereda, ante el huerto y la viña de Bardeen, se veía en todas partes la marca de la primavera: violetas y anémonas en la hierba, y manzanos con las ramas llenas de prometedores capullos.

Por delante quedaban los nogales más productivos que jamás he saqueado, una buena charca para nadar en el riachuelo, y, en un trozo de bosque, una auténtica curiosidad: un tocón fosforescente que fulguraba de noche con fuegos fatuos, tan luminoso como todas las luciérnagas del mundo: fantasmal y aterrorizador para los muchachos que lo veían por primera vez. Una noche que volvía de pescar, me dejó atontado del susto, de modo que procuraba llevar a mis amigos por allí otras noches, no queriendo ser egoísta en mis placeres.

Óscar Sunderland me vio cuando pasaba ante su desolada granja, allá abajo por la vereda. Era un amigo mío que sabía muy bien estar callado cuando íbamos de pesca. Y nos uníamos para hacer de tramperos en el pantano. Su madre era una amable noruega que hablaba el inglés sin rastro de su acento, además de su lengua materna. Su padre, Hermann Sunderland, era otro nórdico que tal: alemán por parte de madre y sueco por parte de padre, y con un temperamento y un dialecto muy personales.

La madre de Óscar hacía en su horno deliciosos pasteles noruegos, sobre todo, hacia Navidades. A veces, al ponerme delante un plato de sus golosinas, me decía algo cariñoso en noruego. Yo siempre me volvía para ocultar la vergonzosa humedad de mis ojos. La señora Sunderland sabía que mi madre había muerto cuando yo tenía siete años, y creo que por eso era especialmente cariñosa conmigo.

El viejo y duro padre de Óscar no presentaba tal problema. Dudo que hubiera dicho algo cariñoso a nadie en su vida. Óscar le tenía mucho miedo, y corría peligro de azotaina si no estaba en casa a tiempo de ayudar a ordeñar.

Por mi parte, nadie se preocupaba de mis horas. A mis once años, yo era una persona muy responsable. Si volvía a casa mucho después de oscurecer, mi padre levantaba apenas los ojos de su libro para saludarme con vaga cortesía. Me dejaba vivir mi vida, criar marmotas y mofetas en el corral y en el cobertizo, y mimar a mi cuervo domesticado, a mis muchos gatos y a mi fiel perro de San Bernardo. Incluso me dejaba construir en el cuarto de estar mi canoa, de dieciocho pies de larga. No había terminado del todo la armazón, de modo que todavía tardaría otro año por lo menos. Cuando teníamos visitas, se sentaban en las butacas alrededor de la canoa, o contorneaban la proa para alcanzar las grandes estanterías de libros que siempre estábamos prestando. Vivíamos solos, y nos gustaba; guisábamos y limpiábamos a nuestro modo, y no hacíamos caso a las indignadas amas de casa que decían a mi padre que ésa no era manera de criar a un chico.

Mi padre asentía con amabilidad que eso podría muy bien ser verdad, y luego volvía a sus interminables investigaciones para una novela sobre los indios Fox y Winnebago, que, no sé por qué, no se publicó nunca.

—Voy a los bosques de Wentworth — dije a Óscar —, y no puedo ponerme en marcha de vuelta a casa antes que salga la luna.

—Espera un momento — dijo Óscar —. Necesitaremos algo de comer.

Volvió tan rápidamente con una bolsa de papel llena de pastelillos y de tarta de café, que comprendí que eso lo había hurtado.

—Te van a dar una paliza cuando vuelvas a casa.

—¡Quita allá; qué me voy a preocupar! — dijo Óscar, con una sonrisa feliz extendida por su ancha cara.

Cruzamos el riachuelo por las piedras pasaderas de más abajo del dique. Los sollos subían río arriba, porque era su temporada, y casi atrapamos uno con las manos cuando se abría paso entre las piedras. Las avefrías surgían bruscamente del agua somera de las ciénagas, y gritaban [1] como si se estuviera incubando una tormenta.

Wowser tenía muchas virtudes, pero no era perro cazador. Por eso nos sorprendió mucho que, en los bosques de Wentworth, se pusiera como de muestra. Óscar y yo aguardamos silenciosamente mientras el gran San Bernardo, con sus enormes zarpas, avanzó pisando suavemente hasta la base hueca de un tocón podrido. Olfateó el agujero como criticándolo, y luego se volvió y gimió, diciéndonos claramente que había algo vivo en esa cueva.

—Sácalo, Wowser — grité.

—No sacará nada — predijo Óscar —. Es demasiado perezoso.

—Espera y verás — dije, por lealtad. Pero no me aposté ninguna canica de cristal.

---

1. El nombre americano de estas aves, *kildeer*, deriva de su grito: por eso el original dice "gritando *kildeer, kildeer*"... *(N. del T.)*

Un momento después, Wowser hacía volar el barro, y Óscar y yo le ayudábamos en un frenesí de excitación. Cavamos con las manos la tierra blanda, y usamos nuestras navajas cuando llegamos a las viejas raíces podridas.

—Apuesto a que es un zorro — jadeé, esperanzado.

—Probablemente una marmota vieja — dijo Óscar.

Pero no pudimos quedar más sorprendidos cuando una furiosa mapache madre saltó de su cubil, chillando de rabia y consternación. Wowser casi se cayó para atrás al evitar sus garras disparadas y sus tajantes dientecillos. Un momento después, la gran mapache se había abierto paso violentamente y subido a un esbelto olmo. A treinta pies de altura, siguió chillando y regañando.

Ahora, ante nuestra vista, en la cavidad, encontramos cuatro mapaches pequeñitos, quizá de un mes. Toda la camada de cachorrillos habría cabido cómodamente en mi gorra. Cada rabo tenía cinco anillos negros. En cada una de sus caritas resaltaba una máscara negra. Ocho ojos brillantes, miraron a lo alto atisbándonos, llenos de asombro e inquietud. Y de cuatro boquitas preguntonas salieron preguntas en gemidos.

—¡Muy bien, viejo Wowser! — dije.

—Es un perro bonito el que tienes — admitió Óscar —, pero sería mejor que le sujetaras.

—No les hará daño: él se cuida de todos mis animalitos.

Efectivamente, el enorme perro se había sentado, con un suspiro de satisfacción, todo lo cerca posible del nido, dispuesto a adoptar a una o a todas esas interesantes criaturillas. Pero había un solo servicio que no podía prestar. No era capaz de amamantarlas.

—No podemos llevárnoslos a casa sin su madre — dije a Óscar —. Son demasiado pequeños.

—¿Cómo vamos a cazar a la madre? — preguntó Óscar.

—Echémoslo a pajitas.

—¿Y luego qué?

—Al que le toque la paja más corta, se sube al árbol y la caza.

—Ah, no — dijo Óscar —. Ah, no, nada de eso. No estoy tan loco.

—Vamos allá, Óscar.

—No señor.

Pero precisamente en ese momento los cuatro mapaches pequeños lanzaron tales quejas temblorosas que nos sentimos todos desgraciados. Teníamos que cazar a esa mapache madre. Wowser estaba tan triste como yo. Levantó su gran hocico hacia el cielo del atardecer y aulló lúgubremente.

—Bueno — dijo Óscar, dando puntapiés en la tierra fresca —, mejor será que me vaya a casa a ayudar a ordeñar.

—¡Rajado! — me burlé.

—¿Quién es el rajado?

—Tú eres un rajado.

—Bueno, muy bien, echaremos a pajitas, pero creo que estás chiflado.

Yo le di las pajas, y Óscar sacó la larga. Por supuesto, ahora tenía yo que mostrarme a la altura de mi pacto. Miré allá arriba, por encima de mí. En el fulgor decreciente del poniente, allá seguía estando el animal, veinte libras de dinamita con rabo anillado. Di unos golpecitos a Wowser como si fuera por última vez en mi vida, y empecé mi duro trepar por el esbelto tronco.

Subiendo árbol arriba, sin gran prisa por entrar en lucha con el mapache, tuve un golpe de buena suerte. La luna llena empezó a salir sobre un cerro de oriente, dándome un poco más de luz para mi peligrosa maniobra. En el extremo de la primera rama, el ultrajado animal tomó una actitud firme, mirándome de frente, con los ojos reluciendo tristemente a la luz de la luna.

—Voy a cortar la rama con mi navaja — dije a Óscar.

—¿Y luego qué?

—A ti te toca atraparla cuando caiga con las hojas.

Óscar sugirió que me faltaba algún tornillo. Pero se quitó su chaqueta de pana, y se preparó a echársela encima al mapache en un esfuerzo de vida o muerte por el que sentía poco entusiasmo.

Cortar dos pulgadas y media de olmo blanco con una navaja bastante embotada es un proceso laborioso, como no tardé en descubrir. Estaba en una postura agarrotada, sujetándome con la mano izquierda y dando tajos a la madera con la derecha. Y tuve miedo de que el mapache intentara precipitarse contra mí cuando empezara a partirse la rama.

La luna surgía lentamente a través de los árboles, mientras que lentamente me salían ampollas en la mano derecha. Pero ya no podía achicarme. Desde allá abajo llegaban los gemidos de los cachorrillos mapaches, y de vez en cuando un aullido lúgubre de Wowser. Los sapos y las ranas del pantano empezaron su coro, y un pequeño búho chillón, que sonaba casi como otro mapache, añadió un trémolo espectral.

—¿Cómo vas? — preguntó Óscar.

—Voy bien. Prepárate a cazarla.

—Cuenta conmigo — dijo Óscar, con voz menos convincente que sus valientes palabras.

La empenachada rama del olmo blanco lanzó por fin un suspiro, se partió con un chasquido y bajó a la deriva hacia los matorrales.

Óscar lo intentó; hay que concederle ese mérito. Luchó durante cinco segundos con el animal, y luego se retiró con la chaqueta estropeada. Tres de los pequeños mapaches, al oír la llamada de su madre, salieron rodando con sorprendente rapidez hacia los matorrales para seguirla, y desaparecieron. Sin embargo, Óscar fue lo bastante rápido como para envolver un cachorrillo en su gorra, única recompensa por nuestro esfuerzo: pero una recompensa suficiente, como el tiempo lo demostraría. Mirándole de cerca, el bonito animalillo marcado estaba cubierto sólo con la blanda piel gris de debajo, todavía con pocos de esos pelos defensivos más oscuros que más adelante se ven relucir en el mapache adulto.

Era el único mapache pequeñito que he tenido nunca en las manos. Al verle enderezarse como un polluelo de codorniz, moviendo el hocico igual que un perrillo que busca la leche de su madre, me sentí a la vez abrumado por el éxtasis de ser su dueño y asustado por la enorme responsabilidad que habíamos asumido. Wowser retozaba a nuestro lado, bajo la luz de la luna, acercándose a menudo a olfatear y lamer el nuevo animalito que habíamos encontrado: ese pedacito de malicia enmascarada que le había robado el corazón, a él como a mí.

—Es tuyo — dijo Óscar, tristemente —. Mi padre nunca me dejaría tenerlo. Hace sólo unas semanas que disparó contra una mofeta que tenía yo en el gallinero.

—Puedes venir a verlo — sugerí.

—Claro, puedo ir a verlo.

Caminamos en silencio durante algún tiempo, pensando en las injusticias del mundo, que hacían tan pocas concesiones para los mapaches y los muchachos de nuestra edad. Luego empezamos a hablar de todos los mapaches que habíamos visto, y de cómo alimentaríamos a este cachorrillo y le enseñaríamos todas las cosas que tenía que aprender.

—Una vez vi una mapache madre con cinco cachorrillos — dijo Óscar.

—¿Qué hacían?

—Ella les guiaba por el borde del río. Hacían todo lo que hacía ella.

—¿Como por ejemplo qué?

—Palpaban a su alrededor con las patas de delante; para cazar cangrejos, supongo.

En el horizonte había resplandores de relámpagos lejanos y un sordo estrépito de trueno, resonando como artillería a muchas millas de distancia. Me recordó que todavía seguía la furia de la guerra en Francia, y que quizá mi hermano Herschel habría sido trasladado al frente. Sufría de pensar en esa terrible guerra que mataba y hería millones de hombres, desde el año en que murió mi madre. Ahí estábamos nosotros, seguros y lejanos de la guerra, y

preocupándonos por cosas tan pequeñas y poco importantes como si a Óscar le darían una azotaina cuando llegara a casa, y el modo de alimentar y criar un pequeño mapache.

Al subir por la vereda hacia la granja de Sunderland, Óscar empezó a decir: "¡Quita allá; qué me voy a preocupar!". Pero a mí me pareció peocupado. Al llegar delante de la casa, me desafió a ver si era tan valiente como para subir y llamar a la puerta. Mientras tanto, él se escondió en una mata florecida de *spirea*, esperando a ver lo que pudiera ocurrir.

Óscar fue prudente en dejarme a mí que llamara. Salió Hermann Sunderland como una tempestad, jurando en alemán y en sueco. Desde luego, estaba irritado con Óscar, y no parecía que me quisiera tampoco mucho a mí.

—¿Dónde está ese *bguibón* de mi hijo?

—No ha sido culpa de Óscar — dije —. Le pedí que viniera conmigo a dar un paseo, y...

—¿Dónde *estagá ahoga?*

—Bueno... — dije.

—¡Bueno, bueno, bueno! ¿Qué *quiegues decig* con eso?

—Hemos cavado una madriguera de mapaches — dije —, y aquí está uno que nos hemos traído a casa.

—Bichos malos — gritó Sunderland —; *verdammte* gusanos.

Temía que el señor Sunderland hiciera salir volando a Óscar de detrás del matorral, pero en ese mismo instante la bondadosa madre de Óscar se asomó al porche de delante, con la luz de la luna brillando en su pelo, que empezaba a platearse.

—Vete a la cama, Hermann — dijo tranquilamente —. Yo me ocuparé de esto. Óscar, sal de detrás de esa mata.

Con sorpresa mía, el padre de Óscar obedeció mansamente, subiendo con una lámpara por aquella larga y oscura escalera del vestíbulo. Y la madre de Óscar nos llevó a la cocina, donde nos dio una sopa caliente y empezó a calentar un poco de leche a la temperatura que vendría bien para un niñito.

—Tiene hambre, este pequeño — dijo, acariciando al diminuto mapache —. Ve a traer una paja limpia, Óscar.

Se llenó la boca de leche tibia, se puso la paja entre los labios y la inclinó hasta la boca del pequeño mapache. Yo observé, fascinado, cómo mi nuevo animalito tomaba ávidamente la paja y empezaba a alimentarse con nodriza.

—Ya ves cómo come este pequeño — dijo la madre de Óscar —. Así es cómo tendrás que alimentarle, Sterling.

CAPÍTULO SEGUNDO

Junio

¡Junio era el gran mes! Se acababa la escuela, las cerezas estaban maduras y algunas chicas andaban descalzas. Los chicos tenían muchas ventajas extra, tales como nadar desnudos y vagar solos por los arroyos y ríos, echando el anzuelo a los peces entre los lirios de agua. Las chicas tenían que ponerse trajes de baño y retirarse antes de nuestros juegos del anochecer, el "rescatado" y la "malla". Me sentía muy agradecido de ser un chico.

A pesar de que cortaba el césped y trabajaba en mi huerto de guerra,[1] tenía muchas horas de sobra para pasar con mis animalitos, observando cómo mis marmotas mordisqueaban el trébol, alimentando con pan y leche mis cuatro mofetas de un año y tratando de evitar que Poe el Cuervo[2] robara objetos brillantes, tales como llaves de auto. Las horas más satisfactorias de todas eran las que pasaba con mi pequeño mapache, a quien había puesto el nombre de Rascal (que equivale a Pillastre).

Quizás un psicólogo diría que yo había sustituido con los animalitos el tener una familia. Desde luego, tenía una

---

1. Con ocasión de la guerra, parte de los jardines se convirtieron en huertos. (*N. del T.*)
2. Este cuervo se llamaba Poe en homenaje al gran escritor Edgar Allan Poe, cuyo mejor poema se titula "El cuervo". (*N. del T.*)

familia humana, interesante, bien educada y cariñosa. Pero madre había muerto, mi padre estaba fuera muchas veces, en viajes de negocios, mi hermano Herschel luchaba en Francia, y mis hermanas Theo y Jessica ahora vivían sus vidas de personas mayores. Las dos hermanas se habían cuidado cariñosamente de mí después que murió madre, sobre todo Jessica, que retrasó su carrera y su matrimonio.

Pero ahora Theo estaba felizmente casada con el joven dueño de una fábrica de papel en el Norte de Minnesota, y Jessica, lingüista y poetisa de mucho talento, hacía trabajos de postgraduación en la Universidad de Chicago. A menudo, el único ocupante de nuestra casa de diez habitaciones era un muchacho de once años que trabajaba en su canoa en el cuarto de estar y pensaba "largos, largos pensamientos".

Un problema que me desconcertaba era de carácter teológico. Me preguntaba cómo Dios podía saberlo todo, y poderlo todo, y tener tanta misericordia, y consentir, sin embargo, tanto sufrimiento en el mundo. Sobre todo, ¿cómo se podía haber llevado a mi madre, tan buena y con tantas cualidades, cuando sólo tenía cuarenta y siete años?

Pregunté algunas de estas cuestiones al reverendo Hooton,[1] el pastor metodista cuya iglesia y rectoría estaban junto a nuestra finca, y sus respuestas no me dejaron del todo satisfecho.

Me parecía que no estaba bien que ella no hubiera vivido para ver los animalitos que yo criaba, especialmente Pillastre. Me podía imaginar su placer, como madre y como bióloga que era. Le habría interesado estudiar más de cerca las costumbres de todos esos animales, y me habría ayudado a resolver algunos de los difíciles problemas que planteaban.

Por ejemplo, mi cuervo y mis mofetas estaban actualmente en dificultades con los metodistas. Poe el Cuervo vivía en el campanario de su iglesia y gritaba la única frase

---

1. Padre de Ernest A. Hooton, antropólogo y escritor.

que sabía: "¡Qué bien! ¡Qué bien!", cuando los solemnes feligreses acudían a los servicios religiosos, a las bodas y los funerales. Había un bando en la iglesia partidario de desterrar a Poe, aunque fuera con una escopeta.

Mis inofensivas mofetas habían complicado más las cosas en un reciente atardecer de domingo. Esos deliciosos animalitos que yo había sacado de un agujero en la primavera del año pasado, ahora tenían más de un año y eran algo inquietos. Eran unas criaturas hermosas, resbaladizas: una franja ancha, una franja estrecha, una franja corta, y una belleza negra con una única estrella blanca en la cabeza. Las cuatro tenían modales perfectos. Como nunca las habían asustado ni ofendido, nunca habían olfateado a la vecindad.

Pero un atardecer de junio, en que Wowser debía estar adormilado, un perro vagabundo llegó a ladrarles y gruñirles a través de la tela metálica, y ellas reaccionaron como era de esperar. En la iglesia, estaba en marcha el servicio dominical, a menos de setenta pies de su jaula. Era una tarde tibia, y las ventanas del coro estaban abiertas. Por primera vez en su vida, el reverendo Hooton abrevió su sermón.

El lunes por la mañana, una delegación de feligreses acudió a protestar a mi padre.

Con Poe y las mofetas en cuestión a la vez, yo tenía un doble riesgo, así que decidí hacer una transacción. Di a mis mofetas una última comida de pan y leche, y me las llevé en dos cestos a los bosques de Wentworth, donde había muchas madrigueras vacías en que esconderse. Los metodistas se pusieron tan contentos al librarse de las mofetas que decidieron aplazar indefinidamente el destierro de Poe el Cuervo.

Mientras tanto, Pillastre vivía en un agujero a unos cinco pies por encima del suelo, en nuestro gran roble rojo. Como los mapaches acostumbran a quedarse en el nido durante los dos primeros meses de su vida, vi poco a mi animalito salvo cuando lo sacaba para alimentarle. Pronto le enseñé a beber la leche tibia en un platito, lo que fue un gran adelanto respecto al laborioso proceso de hacerle chupar a través de una paja.

Wowser era su guardián, y permanecía casi constantemente al pie del roble, incluso durmiendo allí de noche.

Pero una tarde, a mediados de junio, Wowser y yo nos pusimos alerta por un gorjeo tembloroso en el agujero del árbol, y vimos allí una pequeña máscara negra y unos ojos, como cuentas de collar, que se asomaban a atisbar el ancho mundo de más allá. Un momento después, Pillastre había dado media vuelta y salía del agujero con su rabo anillado por delante, bajando del árbol de espaldas con precaución, igual que un osito. Los mapaches tienen cinco garras no retráctiles en cada uno de los pies y manos, lo que hace poco aconsejable el descenso con la cabeza por delante. Por eso, instintivamente, Pillastre bajaba de cola, braceando frenéticamente de vez en cuando, y mirando a menudo por encima del hombro para ver cuánto le faltaba hasta el suelo.

Wowser se sintió muy agitado y ladró unas cuantas preguntas, levantando los ojos a ver qué opinaba yo sobre ese nuevo problema. Le dije a mi San Bernardo que no se preocupara, sino que esperase y observara.

Pillastre debía haber examinado el corral muy cuidadosamente desde la puerta de salida de su nido, pues inmediatamente se puso en marcha hacia el superficial estanque de cemento donde yo conservaba pececillos vivos para cebo.

Los bordes de esa balsa bajaban inclinándose poco a poco hacia la parte central, más profunda, haciéndola útil para mi pequeño mapache, tan sorprendentemente confiado. Sin vacilar un momento, entró a vadear y empezó a palpar el fondo, con sus sensitivos dedos prensiles diciéndole todo lo que necesitaba saber sobre ese estanque de pececillos. Mientras tanto, sus ojos parecían dirigirse al horizonte lejano, como si ojos y manos no estuvieran en absoluto conectados. Cotos [1] y otros peces plateados huían frenéticamente disparados para ponerse a salvo, a veces saliéndose del agua de un brinco, en su intento de escapar.

1. Pez de río. (N. del T.)

Mientras Pillastre daba vueltas metódicamente al estanque en su primera expedición de pesca, me asombré de que un ser tan joven, sin madre que le enseñara, supiera exactamente la técnica usada por todos los demás mapaches para atrapar pececillos. Yo observé con fascinación a ver si alguna antigua sabiduría almacenada en su cerebro hacía que su búsqueda tuviera éxito. La respuesta llegó un momento después, cuando esas manitas hábiles atraparon un pez de cuatro pulgadas. Entonces empezó la ceremonia del lavado. Aunque el pececillo estaba perfectamente limpio, Pillastre lo lavó de un lado a otro durante varios minutos antes de retirarse a tierra firme a disfrutar su comida: más deliciosa aún por haber atrapado ese pez él mismo.

Satisfecho al parecer con ese solo pez, y dándose cuenta de que podría atrapar más en cualquier momento en que lo deseara, Pillastre empezó un ocioso recorrido del corral, olfateando y palpando. Había interesantes olores que clasificar, olores de gato, de perro, de marmota, y de mofeta recientemente desterrada. Había grillos en la hierba que merecían un zarpazo, y la escalofriante sombra de Poe el Cuervo, que por un fugaz momento dejó a Pillastre helado en su camino, igual que un ratón de prado se queda helado bajo la sombra de un halcón.

Cuando Pillastre se acercaba demasiado a alguno de los límites de nuestra finca, Wowser entraba en acción, haciéndole volver al árbol a fuerza de empujarle con el hocico. Pillastre respondía con suavidad a esa disciplina, y al cabo de otros quince minutos de examinar sus dominios, aquel pequeño señor del feudo se volvió a su castillo, trepó por el árbol más fácilmente que como había bajado, y desapareció en su agujero.

Un día decidí que Pillastre era lo bastante limpio y listo como para comer con nosotros en la mesa. Subí a la buhardilla y traje la sillita alta de la familia, usada por última vez en mi niñez.

A la mañana siguiente, mientras mi padre preparaba

huevos, pan tostado y café, salí a buscar a Pillastre, y le puse a mi lado junto a la mesa, en la sillita alta. En la bandeja, le coloqué un tazón de barro con leche tibia.

Pillastre podía alcanzar fácilmente la leche poniéndose de pie en la sillita y apoyando las manos en el borde de la bandeja. Pareció gustarle el nuevo arreglo, y chirrió y trinó de satisfacción. Salvo que vertía un poco la leche, fácil de limpiar en la bandeja de su sillita alta, sus modales en la mesa resultaron excelentes, mucho mejores que en la mayoría de los niños. Mi padre, como de costumbre, se divirtió y lo consintió, y hasta acarició al mapache cuando acabamos el desayuno.

Los desayunos para tres se hicieron parte de nuestro ritual diario, y no hubo ninguna dificultad, hasta que tuve la idea de darle a Pillastre un terrón de azúcar. Cierto es que estábamos en la guerra, en días sin combustible, sin carne y sin trigo, y economizando el azúcar. Pero ni mi padre ni yo hacíamos repostería, y no gastábamos casi nada de nuestra ración de azúcar, salvo un terrón o dos en el café. Por eso, no me sentí menos patriótico cuando di a Pillastre su primer azúcar.

Pillastre tocó el terrón, lo olfateó, y luego empezó su acostumbrada ceremonia de lavado, restregándolo de un lado a otro por su tazón de leche. Claro, en pocos momentos se disolvió por completo, y en vuestra vida habríais visto un bichito más sorprendido. Tocó todo el fondo del tazón para ver si había dejado caer el azúcar, luego se miró por el revés la mano derecha para asegurarse de que estaba vacía, y después se examinó la mano izquierda del mismo modo. Por fin me miró y gorjeó una pregunta aguda: ¿Quién le había robado el terrón de azúcar?

Recobrándome de mis carcajadas, le di otro terrón, que Pillastre examinó atentamente. Empezó a lavarlo, pero vaciló. Una expresión muy astuta apareció en sus negros ojos brillantes, y en vez de disolver el segundo obsequio, se lo llevó directamente a la boca, donde empezó a roerlo con absoluta satisfacción. Cuando Pillastre había aprendido una lección, era para toda la vida. Jamás volvió a lavar un terrón de azúcar.

Sin embargo, su inteligencia dio lugar a muchos problemas. Por ejemplo, había visto de dónde procedía el azúcar: el tarro con tapa, en medio de la mesa. Y, mientras que hasta entonces yo había podido mantenerle quieto en su sillita alta, ahora se empeñaba en andar a través del mantel, levantar la tapa del azucarero, y servirse un terrón. A partir de aquel día, tuvimos que guardar el azucarero en la alacena del rincón para evitar tener constantemente un pequeño mapache en la mesa del comedor.

Otra lección que aprendió rápidamente fue abrir la puerta trasera, sujeta por un resorte. Yo, adrede, no había arreglado el pestillo ni había vuelto a poner el resorte cuando se aflojó, porque a todos mis gatos les gustaba abrir la puerta y entrar, o empujar desde dentro para salir otra vez. Pillastre observó varias veces cómo lo hacían. Evidentemente, el truco estaba en enganchar las garras a la puerta y tirar de ella. Sintiéndose muy satisfecho de sí mismo, Pillastre demostró a los gatos que era tan listo como el más viejo y más sabio de los mininos.

Varias noches después, me sobresalté y me alegré al oír el gorjeo de Pillastre en la almohada, a mi lado, y al sentir luego sus manitas palpándome la cara. Mi pequeño mapache había trepado desde su agujero, había abierto la puerta trasera, y, con sus ojos que veían en la oscuridad, había encontrado el camino hasta mi cama.

En nuestra casa no había reglamentos estrictos, como comprobamos Pillastre y yo. Mi mapache decidió que el sitio mejor para dormir era conmigo. Era tan limpio como cualquier gato; sin ningún entrenamiento, tomó la casa por asalto, y pensó que mi cama era más blanda y más cómoda que la suya en el roble. Así, desde aquella noche, nos hicimos compañeros de cama, y durante muchos meses dormimos juntos. Ahora, cuando mi padre estaba fuera, yo me sentía menos solitario.

Crónicas telegráficas de la *Daily Gazette* de Janesville

24

reconocieron que los alemanes habían alcanzado las orillas del Marne y estaban a la vista de la Torre Eiffel. En el gran mapa de guerra del escaparate del Tobacco Exchange Bank, los alfileres de cabeza negra que representaban las líneas alemanas hacían retroceder en varios sitios los alfileres rojos, blancos y azules que indicaban los diversos sectores aliados. En algún sitio entre aquella tormenta de plomo y acero, luchaba mi hermano Herschel.

Entre mis poesías favoritas de entonces estaban los sonetos de guerra de Rupert Brooke y el valiente y profético lamento de Alan Seghers:

> *Tengo una cita con la Muerte*
> *en una barricada en lucha...*

Sobre todo en noches de truenos y rayos, tenía pesadillas sobre la guerra y subía las mantas tapándonos las cabezas. Pero cuando salía el sol a la mañana siguiente y brillaba sobre la hierba húmeda de lluvia, Pillastre y yo olvidábamos nuestros temores y nos preparábamos para ir de pesca.

Uno de mis sitios favoritos para pescar era una barra de arena al pie del dique Indian Ford, en Rock River, un río que nace en los pantanos de Horicon, en Wisconsin, y desemboca en el Misisipí en Rock Island, Estado de Illinois. Había charcas profundas, rápidos, brazos pantanosos y trechos tan tranquilos como lagos: era un río hermoso e imprevisible.

En un anochecer anterior, había explorado la hierba húmeda con una linterna, atrapando más de cincuenta lombrices. Mi caña de pescar — de segmentos de acero — estaba sujeta a la barra de mi bicicleta, y mi caja de pesca, con carrete, sedal y cebos, estaba preparada para ir en el cesto de la bicicleta, en el manillar. Vino bien que mi caja fuera pequeña y apretada, dejando sitio para mi compañero de pesca, que, en pocos días recientes, se había vuelto un maniático del ciclismo.

Pillastre era un demonio en cuanto a la velocidad. Aunque no pesaba más de dos libras, esta absurda y amable criaturilla tenía un corazón de león. Había aprendido a ir de pie en el cesto de mimbres bien entretejidos, con los pies muy separados, y las manos firmemente agarradas al borde de delante, el botoncito de su nariz apuntado derecho al viento, y el rabo anillado flotando atrás como el rabo de un perro de caza que se ha puesto de muestra. El aspecto más divertido de su uniforme de carreras eran sus gafas de nacimiento, de aros negros, que rodeaban sus ojos brillantes, haciéndole parecer un campeón de motorismo. Lo que más le gustaba era bajar en piñón libre por una cuesta fuerte. Le preocupaba ligeramente cuando yo tenía que esforzarme duro para subir por la cuesta siguiente, con la rueda delantera sacudiéndose de un lado a otro para mantener la bicicleta en equilibrio. Pero al volver a adquirir velocidad, recobraba su confianza, y miraba adelante como el maquinista que se asoma a la ventanilla de una locomotora.

En el límite sur de la ciudad, teníamos que pasar ante el cementerio donde estaba enterrada mi madre, bajo una lápida blanca que decía:

En Memoria de
Sarah Elizabeth Nelson North
1866-1914

Parecía un tributo insuficiente, sólo compensado en parte por las rosas que yo había plantado allí.

Desde el cementerio, todo era cuesta abajo hasta Indian Ford, con una hermosa perspectiva del río retorcido, bordeado de bosques y pastos, y de cuidadas parcelas geométricas de maíz, tabaco, trigo y avena. En esos años de la prosperidad de guerra, los cobertizos estaban recién pintados de un alegre rojo y las granjas de blanco, entre anchos céspedes y flores. En esas dos últimas millas ganábamos velocidad, y Pillastre se ponía atentísimo, con el viento surcándole la cara y echándole atrás los bigotes, hasta las peludas orejas. Probablemente, éramos tan felices como puede serlo nadie en este mundo nuestro.

Ésa era la primera vez que Pillastre veía Indian Ford, y había muchas cosas emocionantes que enseñarle: el puente, con vigas que se elevaban a seis metros por encima del agua, desde las cuales los muchachos se desafiaban unos a otros a tirarse: el propio dique, con una reluciente lámina de agua que caía en cascada a las profundidades de abajo: la central eléctrica, de la cual salía el zumbido continuo de las dinamos, y, por fin, el rápido, demasiado peligroso para cualquier nadador, y más para un pequeño mapache que apenas había aprendido a nadar a lo perro.

Doblamos río abajo por un sendero bordeado de sauces en que unos mirlos de alas rojas hacían más líquido aún el día con su "¡Kon-ki-rí!". Y en un declive que dominaba un recodo del gran río, encontramos fresas silvestres, casi tan vivaces como las charreteras rojas de las alas de esos pájaros. Apenas probó las fresas, Pillastre empezó a abrirse paso entre las plantas, arrebatando y devorando. Para alguien tan ávido y curioso, cada momento traía nuevos placeres.

Llegamos por fin a mi sitio secreto de pescar, la barra de arena con el remanso profundo y tranquilo en que yo había pescado más peces que nadie en el río. Dejé la bicicleta en los sauces y empecé a montar los segmentos de mi caña y el carrete, haciendo correr el sedal por los anillos de ágata y el remate, y atando al extremo una corta tanza de tripa, un torniquete y un devón [1] rojiblanco para percas.

Pillastre no necesitaba tan complicados preparativos. Su equipo de pesca estaba siempre preparado para uso inmediato: podía decirse que había nacido con más sentido y más aparejos para la pesca que los que pueden adquirir los seres humanos en toda una vida.

Le observé varios minutos, mientras se abría paso por el borde superior de la barra de arena, examinando centí-

---

1. Pez artificial de madera con anzuelos. (N. del T.)

metro a centímetro el agua, con un leve movimiento, como de pisar o apretar, que alternaba la presión y el avance de cada una de sus manos. Como de costumbre, sus ojos no intervenían en esa íntima investigación de su zona de pesca, con la mirada puesta mucho más allá del río, en la orilla de enfrente. En el extremo de la barra, la corriente le arrastró un momento, y yo me preparé a lanzarme a su salvamento. Pero, sin trastorno visible, él volvió nadando al agua tranquila al pie de la barra y empezó a examinar el margen inferior de la pequeña península.

Con el río entero invitándoles a escapar, los pececillos eran demasiado rápidos para las manos de Pillastre. Pero pronto encontró y aferró un pequeño monstruo de que no tenía conocimiento previo.

Su presa era un cangrejo de río especialmente grande (un *crawdad*, como dicen en esa región). Este crustáceo de agua dulce tiene pinzas que pueden pellizcar dolorosamente, un cuerpo con armadura, y una cola deliciosa. Muchas veces había disfrutado yo un festín consistente en un par de docenas de esas colas hervidas en una hoguera. Rosadas, duras y con sabor a camarón, resultaban un aperitivo excelente antes del plato principal de barbo frito o de estofado a la Mulligan.

Sin embargo, ése era el primer cangrejo de Pillastre. Si su madre le hubiera informado, lo habría agarrado precisamente por detrás de las pinzas, evitando así todo peligro de esas oscilantes tenazas de dientes en sierra. Pero, no teniendo nadie que le enseñara, equivocó el modo de agarrar con seguridad, y fue pellizcado varias veces antes de aplastarle la cabeza con sus dientes agudos como agujas, lavar su presa y darle la vuelta al cangrejo para engullirse su deliciosa cola.

Escarmentado por las pinzas, se hizo más prudente. El siguiente cangrejo que atrapó fue tratado con la pericia profesional de un viejo y sabio mapache.

Sintiéndome seguro de que Pillastre no tenía peligro por parte del río ni de sus habitantes más pequeños que él, empecé mi propia pesca. Estaba descalzo, claro, con los pantalones de mi "mono" remangados por encima de las rodillas. Así vadeé por el agua fría en el extremo de la punta, con placentera expectación, al prepararme a lanzar el anzuelo por primera vez.

Al pie de la punta se ahondaba el profundo remanso oscuro, bordeado, hacia la orilla, por pequeños lirios de agua, y esbeltas flores que nosotros llamábamos "flechas de agua". Lancé el anzuelo suavemente hacia el escondite de tantos lucios y percas, recogiendo luego el devón con el carrete, con pausas para dejar a cualquier pez de ánimo juguetón que siguiera el cebo y lo mordiera.

Una vez, un barbo mordió y se escapó, pero no quiso volver. Pocos momentos después, una "rueda", quizá de una libra de peso, siguió el flotador rojo y blanco casi hasta la punta de la caña, y luego se volvió, con un centelleo de color, y desapareció. Una docena de lanzamientos más no produjeron nuevos resultados, de modo que recogí todo el carrete para cambiar los aparejos y poner los de barbo: ese gran pez luchador, plateado, de cola bifurcada, que resultaba más divertido que ningún otro pez del río.

Los pescadores con caña que nunca han pescado esa variedad especial del barbo de canal encontrarán difícil creer que ese pez se lanza casi a cualquier cebo, a una mosca artificial, a un pececillo o una rana viva, y, por supuesto, a trozos de hígado de pollo y lombrices. Esos peces, esbeltos, elegantes y hermosos, están diseñados para la acción, y muchas veces luchan hasta veinte minutos o media hora antes de ser reducidos a la red.

Al volver a mi caja de aparejos, vi que Pillastre se había hartado de cangrejos, y había decidido echarse una siesta a la sombra de un sauce, junto a mi bicicleta. Eso me dejaba libre para conceder toda mi atención a la pesca.

Puse un anzuelo de bronce, para barbos, en mi sedal, coloqué cuatro postas partidas como lastre, y enganché en el anzuelo un apetitoso cebo de lombrices. Metiéndome otra vez en el agua en la punta de la barra de arena, lancé el anzuelo a unos treinta metros río abajo, a la parte más profunda de la hoya. Esperé cerca de diez minutos, y entonces llegó el momento electrizante: el flotador se movió dos veces, y el sedal vibró, mientras el gran barbo tocaba con el hocico las lombrices. Luego mordió con todo su peso, y el sedal salió zumbando del carrete, mientras yo lo refrenaba con el pulgar. Cuando tiré atrás para recoger el anzuelo, la caña se dobló casi por completo: empezaba la lucha.

Probó todos los trucos: una vez dio una larga carrera hasta las matas de lirios de agua, donde podría haber enredado el sedal, escapándose libre: dos veces se lanzó violentamente al agua más rápida, donde la corriente podía ayudarle. Luego, durante tres o cuatro minutos, se sumergió tan hondo en el remanso, que creí que podía haberse metido bajo un tronco hundido. Una vez, salió a la superficie, azotando con su gran cola bifurcada.

En este momento se despertó Pillastre y acudió rodando para unirse a la emoción. Cuando el barbo fue retirado con el carrete, cada vez más cerca de la orilla, el mapache dio vueltas de arriba abajo por la barra de arena, lanzándome ojeadas de vez en cuando para preguntar.

—Es una hermosura— dije a mi animalito —; uno de los mejores que he pescado nunca.

Cuando lo saqué a la orilla, Pillastre extendió una zarpa para probar, pero se retiró precipitadamente cuando le salpicó la cola sacudida. Una vez tuve el pez bien seguro en la arena, le pasé el encordador por las agallas antes de quitar el anzuelo. No quería correr el riesgo de última hora de perder ese gran barbo reluciente, que, según la romana de mi caja de aparejos, pesó casi cinco kilos. Le até por las agallas a una fuerte raíz de sauce, volví a poner cebo, y regresé a la punta, con el corazón latiendo locamente.

En dos horas de pesca no añadí a la cuerda nada más que tres gordos gobios de panza amarilla, que pesaban quizás una libra cada uno. Sin embargo, Pillastre y yo íbamos a cada momento a contemplar otra vez el hermoso barbo sujeto al sauce.

Se acercaba el mediodía, y los peces habían dejado de morder, así que recogí el carrete, quité los aparejos y desmonté la caña. Metí los pescados en un saco de lona, haciendo que Pillastre se estrechara un poco en el cesto de la bicicleta, y nos pusimos en marcha hacia casa por la orilla del río arriba, rebosando contento.

En "El Descanso del Pescador", en Indian Ford, compré una botella de refresco de fresa, y Pillastre descubrió una nueva golosina. Sin pedir permiso, echó una de sus manitas a la botella, se lamió los dedos y empezó a rogar. Yo esperé hasta que sólo me quedó un dedo de la bebida, y entonces vertí unas gotas en la boca de Pillastre, ávidamente abierta. Con sorpresa mía, él agarró la botella por el cuello, se tumbó de espaldas, y, usando manos y pies, la sostuvo en posición perfecta mientras absorbía las últimas gotas dulces. Desde entonces, su sabor favorito fue el de fresa. Nunca llegó a gustarle el de limón.

A todos los mapaches les atraen los objetos brillantes, y Pillastre no era una excepción. Le fascinaban los tiradores de latón de las puertas, las canicas de cristal, mi reloj Ingersoll roto, y las monedas. Le di tres peniques nuevos y relucientes, y se los guardó con la felicidad de un pequeño avaro. Los tocó cuidadosamente, los olió, los lamió, y luego los escondió en un rincón oscuro con algunos de sus demás tesoros. Un día decidió llevar uno de sus peniques al porche de atrás. Poe el Cuervo estaba encaramado en la baranda del porche, haciendo rabiar a los gatos, pero manteniéndose fuera de su alcance. Este ronco pájaro viejo, que graznaba y maldecía en lenguaje de cuervo, estaba arqueando las alas y pavoneándose como un matón de taberna, cuando en esto Pillastre abrió la puerta de un empujón y salió rodando a la luz del sol, con su penique brillante como oro recién acuñado.

Poe y Pillastre se habían resultado antipáticos al momento desde la primera vez que se habían visto. Los cuervos, como la mayor parte de los pájaros, saben que los

mapaches roban huevos y a veces se comen a los pajarillos recién nacidos. Además, Poe tenía celos. Me había visto mimar y acariciar a mi pequeño mapache. Pero Pillastre ya era lo bastante grande como para arrancarle unas cuantas plumas de la cola al gran pájaro negro en sus ruidosas riñas. Y Poe, que no era nada tonto, no quería bromas.

Sin embargo, el penique era tan tentador que el cuervo dejó a un lado toda precaución y se lanzó en picado hacia el objeto brillante (pues a los cuervos les atraen tan insaciablemente las chucherías brillantes como a los mapaches, y por añadidura, son ladrones incorregibles).

Pillastre llevaba el penique en la boca, y cuando Poe descendió para vencer,[1] su pico se cerró, pillando no sólo el penique, sino media docena de los ásperos y recios pelos del bigote de Pillastre. Al intentar el negro ladrón escaparse con rapidez, se encontró sujeto al mapache, que, con un fuerte chillido de furia, empezó a luchar por su propiedad y su vida. Rara vez habréis visto tal enredo de negras plumas relucientes y de piel enfurecida como en la esforzada lucha de Pillastre y Poe. Llegué para separarles, y los dos se irritaron conmigo. Pillastre me arañó ligeramente, por primera vez, y Poe hizo varios comentarios hostiles.

Mientras tanto, el penique había bajado rodando desde el porche a la hierba de delante, donde el cuervo lo localizó rápidamente, volvió a apoderarse de él y ahuecó el ala. "Derecho como vuelo de cuervo": ese proverbio rara vez se aplica a mi caprichoso animalito. Después de cualquier hurto, solía viajar por caminos torcidos antes de deslizarse entre las anchas celosías del campanario metodista, donde seguramente almacenaba sus botines.

Yo no di más importancia al incidente, pacifiqué a Pillastre con otro penique, y continué trabajando en mi canoa, en el cuarto de estar.

El plano que había hecho yo en la clase de trabajos ma-

---

1. Alusión al título de la comedia de O. Goldsmith, *She swoops to conquer*. (*N. del T.*)

nuales de la escuela era para una embarcación delgada, de líneas fluidas, de cinco metros de largo por sesenta centímetros de ancho. Las finas costillas longitudinales se sujetarían a proa y a popa, curvándose en torno a unas piezas intermedias con la forma de la sección. Esas costillas y la quilla interior ya estaban en su sitio. Pero las piezas que habían de rodear la embarcación, de regala a regala, presentaban un problema. Había probado a usar, con ese propósito, nogal curvado al vapor, modelando la madera a presión, pero tuve que renunciar a ello como trabajo imposible con mi limitado equipo.

Entonces se me ocurrió una idea feliz. No hay nada tan duro como la madera de olmo que se usa para las cajas de queso. Otra ventaja es el hecho de que esos cilindros de madera fina ya están curvados en un círculo completo. La mayor parte de los tenderos eran amigos míos: me compraban los manojos, cuidadosamente atados, de rábanos carmesíes y con punta blanca que yo cultivaba en mi huerta, y me daban trozos de carne y hogazas de pan duro para Wowser. Estaba seguro de que me darían cajas de queso vacías si se lo pedía con cortesía.

En la tienda de Prigley tenían una buena caja de queso, y en la de Wilson, otra. Antes de visitar la mitad de las tiendas de comestibles del pueblo, ya tenía todo lo que necesitaba. En casa, en el cuarto de estar, marqué tiras de dos pulgadas en cada uno de esos cilindros, y con el mejor serrucho de mi padre empecé el minucioso y desesperante trabajo de cortar las ligerísimas costillas de la canoa. Algunas de las cajas se partieron y se echaron a perder. Pero, con paciencia, al fin serré los cuarenta y dos círculos que necesitaba. Con gran alegría, encontré que esas tiras de madera no tenían tendencia a abrirse, sino que, al contrario, mantenían con perfección su forma circular.

Todo este trabajo en el cuarto de estar creó algún desorden, sobre todo cuando empecé a lijar las costillas, empezando con papel de lija número 2 y terminando con el "dos ceros", que es muy fino. La madera se alisó hasta adquirir una superficie de raso, de un amarillo crema, y agradable al tacto.

Todavía estaba lijando las costillas, con Pillastre encaramado en la canoa por terminar, cuando vi un auto Stutz Bearcat doblando la curva del camino de guijos. De él salió mi guapísima hermana Theodora. Con ella venía una de sus criadas, y Theo tenía un aire decidido en su rostro aristocrático y una luz en sus ojos, que iban muy bien con su masa de pelo rojizo.

—¡Theo, Theo! — grité, con felicidad, corriendo a abrazarla.

—Hola, guapito... ¡Cómo! Estás todo cubierto de serrín.

—Bueno, ya verás, Theo, estoy construyendo una canoa.

—Está muy bien, pero ¿dónde?

—En el cuarto de estar — dije, bajando los ojos.

—¡Válgame Dios! — dijo Theo —. Ahora ayuda a Jennie a sacar el equipaje, y ponlo en la alcoba de abajo.

No me atreví a decir a Theo que yo dormía en ese cuarto y que Pillastre dormía también allí. Quería mucho a esta hermana mía, pero le tenía cierto miedo. Había sido muy buena conmigo después que murió madre, y unos años después volvería a serlo, cuando caí con parálisis infantil. Pero era implacable en lo que toca a modales, manera de vestir, organización de la casa, y otras muchas cosas. Sus enseñanzas eran lo que me hacía ponerme en pie de un salto, como un muñeco de caja de sorpresas, siempre que entraba en el cuarto una persona mayor, sobre todo si era una señora. Cuando llegaba la ocasión, me vestía con unos trajes y chaquetas Norfolk, tan a la moda, que hacían falta varias peleas a puñetazos para demostrar que seguía siendo uno de mi pandilla.

Theo lanzó una mirada de inspección al cuarto de estar y levantó las manos con horror.

—En mi vida he visto tal desorden — dijo.

—Todas las tardes barro el serrín y las virutas.

—Sí, ya los veo, ahí mismo, en la chimenea.

—Papá y yo nos cuidamos de quemarlos — dije, a la defensiva.

—¡Quemarlos! Eso es lo malo — dijo Theo con severidad —. Ahora mismo vas a sacar esta canoa del cuarto de estar, Sterling.

Yo tenía un poco del fuego de la familia, de modo que repliqué con una negativa firme e irritada. Le dije a Theo que vivíamos exactamente como queríamos vivir, y que no me pondría nunca un traje Norfolk ni una corbata, salvo los domingos.

—No eres demasiado grande para darte azotes — dijo Theo, con sus bonitos ojos centelleando.

—Pruébalo.

—Vamos, Sterling, he traído a Jenny para que limpie esta casa de arriba abajo. Yo haré un poco de comida decente. Tomaremos una ama de llaves para todo el día, y sacaremos esta canoa del cuarto de estar.

—¿No nos puedes dejar en paz? — dije lúgubremente —. De todas maneras, no eres mi madre.

—Ah, guapito mío — dijo, repentinamente arrepentida y luchando por contener las lágrimas. Rodeó el extremo de la canoa y me besó con ternura.

A mí, no me preocupaba darle a Theo la alcoba de abajo. Ella ocupaba siempre ese cuarto grande, con su baño al lado. Decía que ninguna de las demás camas era buena para dormir.

Mi dificultad estaría en explicarle todo eso a Pillastre. Los mapaches tienen en su mente unos modelos muy definidos, y Pillastre había elegido decididamente la cama que quería Theo. También le gustaba un cuarto con baño. Todas las noches, yo ponía el tapón del lavabo y dejaba unos dedos de agua para que Pillastre pudiera beber a cualquier hora de la noche, o quizá lavara un grillo antes de comérselo. ¿Cómo iba a revelar a ese pequeño animal de costumbres que se le iba a desterrar?

Hasta ese momento, Theo no había visto a Pillastre. Él se había agazapado, observando y escuchando astutamente.

Quizá no sería buen juez en cuanto a caracteres, pero reaccionaba con sorprendente sensibilidad a las diversas modulaciones de voz. Sabía cuándo le elogiaban o le regañaban, y cuándo la gente se sentía afectuosa o enojada. En absoluto se fiaba de esa desconocida de pelo rojizo, aunque sus ojos se desviaban a menudo hacia el reluciente pelo.

Su invisibilidad práctica se debía al hecho de que estaba tumbado en una gran alfombra de piel de jaguar que el tío Justus nos había mandado desde Pará, en Brasil. La cabeza disecada tenía unos ojos de cristal muy realistas que Pillastre a menudo acariciaba y algunas veces trataba de desmontar. El pequeño mapache se fundía perfectamente en la piel, de hermosas señales, de aquel felino de la jungla, antaño feroz.

Cuando Pillastre empezó a levantarse de esa piel, como el espíritu desencarnado del jaguar amazónico, asustó a Theo hasta casi hacerla perder el juicio.

—¿Qué es eso?

—Es Pillastre, mi mapachito bueno.

—¿Quieres decir que vive en casa?

—Sólo parte del tiempo.

—¿Muerde?

—No, si no le pegas o le molestas.

—Pues saca ese bicho de aquí, Sterling.

—Bueno, muy bien —asentí de mala gana, sabiendo que Pillastre podía meterse otra vez en cuanto se le antojara.

Pillastre pasó el resto del día durmiendo en el roble, pero por la noche, en cuanto salió la luna, bajó del árbol de espaldas, empujó la puerta oscilante, la abrió con facilidad, entró confiado en nuestra alcoba, y se metió gateando con Theo. Mi padre y yo, que dormíamos arriba, fuimos despertados por un chillido que helaba la sangre. Nos precipitamos escaleras abajo en pijama y encontramos a Theo de pie en una silla, acorralada por un bondadoso mapachito que se había sentado abajo, en el suelo, levantando los ojos en guiños para observar ese demente ser humano que chillaba como una sirena de incendios.

—Siempre duerme en esta cama — expliqué —. Es inofensivo y perfectamente limpio.

—¡Llévate en seguida de casa este horrible animalito! — ordenó Theo —, y echa el pestillo a la puerta de atrás para que no pueda entrar.

—Bueno, está bien — dije —, pero estás durmiendo en la cama de Pillastre. Y él tiene tanto derecho a estar aquí como tú.

—No seas impertinente — dijo Theo, recobrando su dignidad.

Un episodio posterior de esta visita es digno de recordarse. Casada hacía poco, Theo cuidaba como un tesoro su anillo de boda, un brillante quizá de un quilate, montado en oro y platino. En varias ocasiones, había perdido ese anillo. Una vez desenterramos veinticinco metros de alcantarilla, sólo para descubrir que ella había cambiado el anillo a otro bolso.

Fiel a su costumbre, volvió a perder el anillo. Creía haberlo dejado en el ancho borde del lavabo al irse a acostar, y que o se le habría caído por el sumidero, o se lo habrían robado. En Brailsford Junction, nadie cerraba las puertas. No se recordaba que hubiera habido jamás un robo.

Revolvimos la casa, hurgamos entre la hierba y los macizos de flores, y luego hicimos planes para volver a excavar la alcantarilla. Entonces se me ocurrió una remota posibilidad, como un rayo cayendo en cielo sereno. Poco antes del amanecer de esa fatídica mañana había oído que Pillastre y Poe tenían una terrible riña en el porche de atrás. Antes de poder sacudirme de los ojos el sueño, los graznidos y los chillidos disminuyeron y me había adormilado otra vez.

Sintiéndome tan listo como un detective de Scotland Yard, empecé a urdir una teoría. En esa noche, la cuarta de la visita de Theo, yo no había echado el gancho a la puerta de atrás. Por lo visto, Pillastre se había deslizado dentro de la casa, había alcanzado la alcoba de abajo, pero, juiciosamente, había decidido no organizar otra escena. Sin embargo, había resuelto tomar un sorbo de agua fresca del lavabo, había trepado al alféizar de la ventana y luego al lavabo, encontrándolo vacío. Pero ¡oh alegría de las alegrías!, allí, en el borde del lavabo, estaba el objeto más precioso que había visto en su vida: un gran anillo con diamante, resplandeciendo con irradiación blanquiazul en la primera luz del amanecer.

Si mi teoría era acertada, Pillastre se había llevado el anillo, sacándolo al porche de atrás, donde Poe el Cuervo había observado el tesoro. Esto explicaría la lucha "cuervo-mapache" que me había despertado.

Muy probablemente, el ladrón negro habría vuelto a ganar: por lo menos, en cuanto que se había escapado volando con el botín.

Tuve que pedir permiso al benévolo reverendo Hooton antes de emprender mi polvorienta ascensión al campanario de veintitrés metros. El hueco de la torre estaba oscuro y lleno de telarañas, y algunos de los travesaños estaban sueltos, haciéndome temer que me pudiera caer. Pero una vez alistado en esta aventura, no cabía volverse atrás. Al cabo de mucho, alcancé el pequeño espacio aireado de arriba, con sus celosías de anchos intervalos, ofreciendo una vista de la ciudad y del arroyo que avanzaba en meandros hacia el río. Me quedé unos momentos observando el mundo a mis pies. Luego toqué ligeramente la gran campana de voz profunda que había doblado cuarenta y siete veces por mi madre, y que un día doblaría noventa y nueve veces por mi padre.

Recordando mi misión, empecé a registrar el polvoriento campanario. Detrás de un montón de libros de himnos echados a perder, que algún obstinado idiota había acarreado hasta este inesperado lugar de almacenamiento, encontré el desastrado círculo de hojas y ramas y plumas negras que Poe el Cuervo llamaba "su hogar". Igual que cierta gente guarda el dinero en el colchón, Poe se había hecho la cama aún más incómoda con un montón de chatarra reluciente que desbordaba el nido y se derramaba por el suelo. Había bolas de cristal y de acero, y una canica de ágata auténtica, todas las cuales las había robado durante nuestras partidas de "guá". Allí estaba mi silbato de fútbol, arrebatado mientras revoloteaba sobre la línea del área gritando "¡Qué bien! ¡Qué bien!". Allí había restos de plancha de cobre, una llave de repuesto de nuestro viejo Oldsmobile, y, prodigio de los prodigios, el anillo de Theo con su diamante.

Poe se asomó en ese momento, y no dijo "¡Qué bien!". No me quiso dejar que le hiciera mimos, y graznó y juró contra mí como si yo fuera el ladrón y él el honrado amo de casa.

Me metí en el bolsillo algunos de esos objetos robados, mis mejores canicas, la llave de repuesto de nuestro auto, mi silbato de fútbol, y, por supuesto, el anillo de Theo. Pero dejé muchos de los chismes relucientes, sabiendo que Poe no era capaz de distinguir una lámina de cobre de un anillo con diamante. Las roncas críticas del cuervo me siguieron durante todo el camino, mientras bajaba por el hueco de la torre hasta salir a la luz del sol.

Theo se puso tan contenta con mi recuperación del anillo que no insistió en que se retirara la canoa del cuarto de estar. Y aplazó la decisión en cuanto a una ama de llaves para todo el día. Simplemente, nos hizo comidas deliciosas, y, con ayuda de Jenny, dejó la casa reluciente de limpia, con cortinas nuevas en las ventanas. Luego, con un beso de despedida y agitando la mano, volvió a marcharse; valiente y guapa, animosa y llena de carácter; y con eso, ya no la vi más.

CAPÍTULO TERCERO

Julio

Pillastre tenía una virtud rara en los seres humanos; la capacidad de gratitud. Se le daba una comida favorita, se le decía una palabra bondadosa, y ya era amigo de uno.

Este sencillo modo de abordar el corazón de un mapache dio lugar a algunas curiosas amistades en nuestra vecindad. El círculo de Pillastre incluía a Joe Hanks, el portero medio tonto de la iglesia metodista, que estaba convencido de que los luteranos alemanes proyectaban envenenar la conducción de agua de Brailsford Junction.

—¿Es razonable, no? — decía Joe —. La torre del agua está precisamente en el Cerro de los Alemanes, detrás de la iglesia luterana. Todo lo que tienen que hacer es echar un par de pildoritas de veneno por el tubo de entrada, y a la mañana siguiente todos nos despertaremos muertos.

Por lo demás, Joe era inofensivo. Cuando no estaba borracho, daba al fuelle del órgano de tubos, y cuando empezaba a emborracharse me dejaba que diera yo. Su secreto para conquistar el afecto de Pillastre venía en su cesta del almuerzo. Siempre daba a mi mapache la mitad de sus bocadillos de jalea. Pillastre pensaba que Joe era

41

una de las personas más simpáticas que había encontrado nunca.

Otro amigo era Jim Vandevander, "Abejorro", calvo, de ciento treinta kilos de peso, como buen hijo de nuestra lavandera, igualmente gorda. Jim llegaba todos los lunes por la mañana, tirando de un carrito, a recoger nuestra ropa para lavar, y la devolvía los viernes, limpia, bien olorosa y bellamente planchada. Cada vez que llegaba, daba a Pillastre un caramelo de menta. ¿Qué más podría pedir uno de un amigo?

Desde luego, Pillastre no entendía el calendario ni el reloj, pero sabía casi al minuto cuándo iba a llegar Jim "Abejorro", y siempre se ponía ansioso y charlatán con la expectación de su caramelo. Al fin, me di cuenta de que los mapaches, que casi siempre cazan de noche, tienen un sentido del oído extremadamente agudo. Por lo visto, Pillastre se daba cuenta del primer ligero traqueteo del carrito desde allá abajo en el extremo de la calle.

Entre todos los ruidos del verano — el zumbido de las lejanas segadoras de césped, el canto de las cigarras, el chasquido de los cascos de los caballos y la orquestación de los pájaros — Pillastre sabía distinguir e identificar, mucho antes que yo, el lejano acercamiento del carrito.

No todas las motivaciones de Pillastre eran interesadas. Le gustaba la música por la música, y tenía preferencias definidas entre los discos que le ponía en la gramola de cuerda. Las sopranos wagnerianas le hacían daño en los oídos. Pero le gustaba sentarse a escuchar, con ojos soñadores, su canción popular favorita: "Hay un sendero largo, largo, que da vueltas". En esa balada se habla de ruiseñores.

Una mañana pregunté a mi padre si tenemos ruiseñores en América, o cualquier otro pájaro que cante de noche.

—Ruiseñores, no — dijo —, pero tenemos chotacabras, desde luego.

—Nunca he oído un chotacabras.

—¿Es posible? Pues cuando yo era muchacho...

Y se lanzó a una peregrinación por el pasado, cuando Wisconsin estaba todavía medio desierto, cuando a veces las panteras se asomaban por las ventanas, y los chotacabras cantaban toda la noche.

No sé cómo, en esos recuerdos siempre aparecía Thure Ludwig Theodor Kumlien, que vivió de 1819 a 1888. Fue un gran pionero naturalista, por el que se ha dado nombre a una variedad de gaviota, a otra de aster y a otra de anémona. Había estudiado en Upsala (Suecia), y había llegado al sur de Wisconsin después de 1840, donde compró ochenta acres junto a la casa de la familia North.

—Kumlien sabía hacer que los chotacabras empezaran a cantar cualquier noche, tocando la flauta — decía mi padre —. Los oíamos allá lejos, al otro lado de los prados: el viejo con su flauta, su hijo tocando el violín, y centenares de chotacabras cantando. Es una música como para recordarla.

Me entristecía no haber podido conocer a Kumlien y andar por los bosques con él, aprendiendo todos los pájaros y las flores y los insectos. Parecía que había nacido demasiado tarde incluso para oír un chotacabras.

Mi padre me miró un momento como si realmente me viera.

—Vamos a tomarnos un día libre — dijo —. Debe haber un par de chotacabras por ahí, no sé dónde.

Eran días estupendos, de gala, cuando mi padre me llevaba a vagabundear. Mientras yo reunía unos cuantos bocadillos de queso y metía en la cesta del almuerzo media docena de botellas de cerveza fría y gaseosa, mi padre fue en el coche al centro a colgar un letrero en la puerta del despacho:

Ausente todo el día

Volvió con el coche descapotado, el parabrisas bajo y sus blancos rizos agitados por el viento. Llevaba unas gafas de motorista, con aspecto muy emocionante y hermoso. Yo también me puse otras gafas. Pillastre, por supuesto, llevaba las suyas siempre. Se encaramó entre los dos en el respaldo del asiento, mirando hacia delante con entusiasmo.

Habíamos vendido el viejo Ford T, y ahora llevábamos un gran Oldsmobile de siete asientos que mi padre había aceptado en uno de sus numerosos cambalaches de fincas. Era bastante grande para los dos que éramos, aunque necesitábamos el gran asiento de atrás para las ocasiones en que llevábamos a Wowser con nosotros. El San Bernardo nunca se tumbaba en el auto. Vagaba de un lado a otro, asomándose con cara preocupada y ceño fruncido, y lanzando de vez en cuando un aviso gutural. Pero hoy no podía ir Wowser: asustaría a demasiados pájaros. Los tres le íbamos a dejar atrás.

Éramos un trío feliz cuando mi padre metió el gas e hizo rugir el auto, pasando a segunda, y luego a directa. Tomamos la carretera de Newville, que llevaba hacia el lago Koshkonong, uno de los lagos más grandes de Wisconsin, formado por un ensanche del río Rock, y ahondado por el dique de Indian Ford. En años anteriores había estado cubierto, donde apenas había fondo, por muchísimas hectáreas de arroz silvestre, que atraían millares de aves y bandas de indios nómadas. Todavía había muchas bandadas de patos salvajes y de gansos, en primavera y en otoño, y grandes sollos y lucios, con sus ojos laterales, que a veces perseguíamos en un bote de remos.

Subimos río arriba desde Newville hacia la punta de Taylor, donde había entonces un viejo hotel rural llamado Casa del Lago. Había pocas casas en Koshkonong en aquellos días: solamente arboledas y prados y millas y millas de playas de arena. Varios arroyuelos desembocaban en bahías de poca agua que vadeaban furtivamente grandes avutardas azules, disparándose con tanta rapidez como serpientes de agua para atrapar y engullir pececillos y ranas.

Entramos por el camino a la Casa del Lago, y seguimos una vereda con hierba hasta el acantilado de piedra caliza que avanzaba sobre el lago, un promontorio coronado de trébol blanco y sombreado por espléndidos árboles viejos. Mi padre puso el freno de mano, y yo calcé las ruedas con grandes piedras para asegurar que el Oldsmobile no se lanzaría al lago desde ese precipicio de veintitrés metros.

Luego, los tres fuimos corriendo al extremo mismo de la punta como si estuviéramos un poco locos de felicidad: y desde luego que lo estábamos. Era nuestro propio lago, llenando nuestra vida hasta el borde. Habíamos nacido casi al alcance del ruido de sus olas. Allí habíamos pasado nuestra niñez, cada cual en su época. Aquí pescábamos y nadábamos y bogábamos en canoa y buscábamos "flechas de agua".

La vista desde la punta era soberbia. Veíamos la desembocadura del lago al río Rock, a nuestra derecha, corriente abajo, y diez millas a nuestra izquierda, la entrada, en la neblina azul.

Los recuerdos de mi padre y los míos eran diferentes, desde luego, pues él había conocido esas orillas cuando estaban densamente pobladas de bosque, y había visitado los poblados indios en la punta Crab Apple, en la punta Thibault, y en el farallón Charlie. A sus doce años, se había medio enamorado de una linda muchacha india, de piel tan clara y tan delicada de rasgos que mi padre estaba seguro de que era más que medio francesa. Los indios se habían retirado, como las aves acuáticas que cazaban, y con ellos se fue la muchacha, a la que nunca había vuelto a ver.

La punta más saliente de todas era una proyección oscura y lozana: el delta formado por el río Koshkonong, quizás el trozo más silvestre de bosques y aguas en toda la región.

Me había descuidado de vigilar a Pillastre, y miré a tiempo justo de verle desaparecer por un retorcido barranco que avanzaba en ángulo a través de la piedra caliza, hacia el lago. Era una hendidura en la roca, húmeda y placentera, con aguileña silvestre floreciendo en todas las grietas: por un camino extraviado y peligroso, llevaba a una pequeña cueva con el nombre del jefe indio Halcón Negro. Pillastre estaba sólo explorando, pero temí que el pequeño mapache diera un peligroso traspié en el borde del precipicio.

—Voy detrás de él — grité a mi padre.

—Bueno, ten cuidado, hijo — dijo él.

Era un padre tranquilo que nunca intentaba detenerme ante ningún azar peligroso, incluso cuando nadaba a través de las compuertas en Indian Ford. Sabía que yo era capaz de trepar como una ardilla y de nadar como una nutria. De modo que esta vez no tuvo preocupación por mí.

El pequeño barranco, encajado en el acantilado, era abrupto y resbaladizo. Pero la persecución fue rápida, pues allí, con mucha delantera sobre mí, iba aquella cola anillada, desapareciendo en una revuelta tras otra.

—Vuelve aquí, Pillastre — gritaba yo severamente. Pero el mapache no hacía caso. Saqué del bolsillo un terrón de azúcar, habitualmente un recurso con éxito. Pero Pillastre no quería cuentas con él. No vaciló un momento hasta que alcanzó el borde mismo del acantilado, a siete metros encima mismo de la entrada de la cueva, hacia la cual bajaba la mirada ávidamente.

Gorjeé en nuestro lenguaje mutuo y él respondió. Pero siguió allá, bajando de espaldas por aquella pared de roca. Yo alcancé el borde un momento después de lo necesario para detenerle, y no pude hacer más que contener el aliento hasta que llegó sano y salvo a la cueva.

Ya no cabía otra cosa sino bajar yo mismo, centímetro a centímetro, esos últimos siete metros, aferrándome con la punta de un pie o con un dedo dondequiera que fuera posible entre los estratos de caliza. Sin embargo, al cabo de pocos minutos, yo también estuve sano y salvo en la entrada de la cueva, que dejaba sitio para pasar gateando al interior.

No era una gran cueva. Pero, según la tradición, había proporcionado a Halcón Negro sitio donde ocultarse cuando le perseguían Abraham Lincoln, Jefferson Davis y otros jóvenes soldados, durante la guerra de Halcón Negro. El episodio probablemente era un mito, pero los muchachos de por allí que bajaban gateando a la pequeña caverna creían esa historia palabra por palabra, y se estremecían de pensar que el espectro de Halcón Negro pudiera estar acechando por allí en la oscuridad.

El suelo arenoso de ese frío escondite era lo suficientemente grande como para una pequeña hoguera y dos o tres hombres acampados. Y había un oportuno saliente, a cuatro pies del suelo, que ofrecía sitio para dormir una noche incómoda, envuelto en mantas.

Cuando mis ojos se acostumbraron a la penumbra, vi a Pillastre. Iba rondando a lo largo de esa elevación de roca, e intentaba alcanzar las diminutas estalactitas refulgentes que pendían del bajo techo de la cueva. Cuando le atrapé, tendía a lo alto sus ávidas manitas.

No tuve deseos de castigarle: simplemente, le sujeté bien. Y Pillastre me dijo, de todos los modos que sabía, que me perdonaba completamente por haberle acorralado y capturado.

Mi padre nos saludó cuando llegamos sanos y salvos a lo alto del acantilado. Había estado seguro de que salvaría al mapache y luego sobreviviría a la ascensión. Viviendo mucho en el pasado y jamás en el inquietante futuro, su modo de ver era tan sosegado que derivó placenteramente de 1862 a 1962 — faltándole siete meses para cumplir el siglo — con muy poca sensación de tragedia personal o internacional. Curiosamente, este distanciamiento, a lo largo de toda su vida, iba acompañado de una excelente educación universitaria, una vasta reserva de conocimientos desorganizados y cierta dosis de encanto.

—Los chotacabras — explicó — se ven raramente de día. Se acurrucan en los cercados o en las ramas de los árboles. Si aletean por un momento, parecen gigantescas mariposas Cecropia. No los encontraremos hasta que oscurezca, y eso nos deja muchas horas.

Con el día entero por delante, tomamos los trajes de baño y el cesto del almuerzo, y empezamos a bajar el largo sendero en pendiente hasta la playa. Mi padre era el experto en veredas indias más reconocido en Wisconsin del Sur.

—Este sendero era de Fox-Winnebago-Sac — dijo mi padre —. Lo usaban Halcón Negro, sus guerreros y sus perseguidores. Esos grandes salientes funerarios probablemente los hicieron unas tribus muy anteriores.

A lo largo de esos senderos se podían encontrar puntas para pájaros, flechas de caza, cuchillos para desollar y rascadores, casi siempre de pedernal. En la hermosa colección de mi padre había también puntas de flecha de obsidiana negra y reluciente, algunas de ellas de ocho pulgadas de largo, *calumets* rojos traídos de Minnesota y adornos de cobre de la región del Lago Superior.

Al avanzar bajando hacia la playa, Pillastre nos seguía obedientemente, jadeando como hacen los perros y los mapaches cuando tienen calor. La vista del agua reluciente por delante, fresca e incitante, aumentó sus andares hasta un galope.

Me detuve a examinar sus huellas, que dejaban un dibujo como los adornos de cuentas de una aljaba india. Las huellas de las manos y los pies parecían de un niñito muy pequeño. Donde Pillastre había ido "al paso", la marca de la mano izquierda, levantándose, quedaba a la altura del pie derecho que avanzaba, y viceversa. Pero donde se había echado a galopar, las cuatro huellas tendían a entremezclarse.

Aun con toda su adaptable inteligencia, mi pequeño amigo se veía ayudado en todos sus actos por un remoto comportamiento mapachesco, que había nacido con él.

En esta curva de la orilla, un arroyuelo muy frío, venido de la fuente misma, se precipitaba bajando de las montañas, y retorciéndose entre peñascos glaciares y raíces de robles, hasta extenderse al fin hacia el lago, en abanico a través de la arena. En una charca de ese arroyo dejé las botellas de cerveza y gaseosa en espera de nuestro *picnic*.

Mi padre y yo nos pusimos los trajes de baño, y pronto estábamos los tres en el lago. Había chochas huyendo y escapando por la playa, con saltos adentro y afuera, según las olas avanzaban o se retiraban. Unas zancudas caminaban entre los juncos, y, en algún sitio, escondido en seguridad, una alcaraván empezó a machacar en su extraña nota profunda, como el sonido de un mazo clavando un palo de cercado en suelo pantanoso.

Mi padre era un gran nadador, que usaba la braza al viejo estilo. Yo estaba muy orgulloso del hecho de que había aprendido el rápido y eficaz *crawl* australiano. Pero Pillastre sólo sabía nadar a lo perro.

Sin embargo, avanzaba valientemente, con la nariz fuera del agua, lo que indicaba que probablemente los mapaches no saben zambullirse. Para no tener más que tres meses, se portaba muy bien.

Pero pronto empezó a jadear del esfuerzo y a mirarme como su protector natural. Estábamos ya en agua profunda, y lo mejor que pude hacer por él fue darme la vuelta de espalda, haciendo el muerto, arquear el pecho, y ofrecerle una buena plataforma. Trepó a bordo con gratitud, gimiendo levemente en compasión por sí mismo. Pero pronto recuperó el valor y el aliento y se volvió a zambullir.

Yo había creído que Pillastre había demostrado su máxima velocidad, pero cuando llegamos a un sitio con hierbas, me di cuenta de mi error. Allí, para sorpresa nuestra y suya, estaba la modesta esposa del esplendoroso pato, ataviada adecuadamente de pardo, y conduciendo una reciente nidada de polluelos emplumados. Esa madre pata tenía once hermosos hijitos, ligeros como vilanos, que la seguían, como si les fuera en ello la vida, en una flotilla en línea recta.

Pillastre aceleró por lo menos el diez por ciento al ver por delante un espectáculo tan tentador. Evidentemente, tenía visiones de una jugosa comida de patitos. Quise prevenir esa matanza, pero mi padre dijo tranquilamente:

—Espera un momento, hijo, y observa lo que pasa.

Los patitos realizaron una maravillosa maniobra en torno a la madre pata, mientras ésta se volvía a enfrentarse con el intruso. Interponiéndose entre su progenie en peligro y Pillastre, nadó derecha hacia el mapache sin más miedo que si hubiera sido una rata almizclada. Mi loco animalito siguió avanzando. La decidida madre avanzó también. Parecía un duelo a muerte, o, por lo menos, un choque de frente.

En el último momento posible, la pata usó las alas y se convirtió parcialmente en aerotransportada. Lanzó un picotazo, fuerte y exacto, entre los ávidos ojos de Pillastre, pasó volando sobre su cabeza y giró para reunirse con sus patitos.

Pillastre no quedó realmente herido, pero su orgullo sí que quedó lastimado. Volvió hacia mí a nado, hablando tristemente de ello, y yo le di otro descanso después de su abrumadora experiencia. A los pocos momentos, empezó a fingir que se había olvidado por completo de aquella comida de patito, y pronto volvimos a la orilla en busca de otro alimento.

A los mapaches les apasionan los huevos de tortuga y los buscan en todas las playas. Las tortugas entierran sus huevos en la arena para que los incube el calor del sol. Pero muchos nidos de huevos se convierten en banquetes de mapaches.

A Pillastre nadie le había hablado de huevos de tortuga. Pero sus finas narices le informaron de que en algún lugar de aquella arena había un deleite gastronómico que jamás había probado.

Durante tres segundos, por lo menos, se quedó rígido, a la manera de un perro de caza que se pone de muestra. Luego empezó a excavar con más furia que nunca. ¡Éxito! Fuera salieron, treinta y cuatro huevos, casi tan grandes como pelotas de golf, lo que quería decir que era una gran tortuga voraz. Durante la siguiente media hora, Pillastre, aunque estaba físicamente con nosotros, en espíritu estaba en otra parte, evidentemente en algún reino donde los mapaches golosos celebran un festín durante toda la eternidad, con los ojos en las estrellas, mientras sus veloces manos y sus agudos dientecillos rompen y abren huevos de tortuga con que deleitarse.

Mientras comíamos nuestro almuerzo, Pillastre estaba atareado disminuyendo ligeramente la próxima generación de tortugas voraces. Quedó tan completamente satisfecho que incluso rehusó los últimos sorbos de mi refresco de fresa.

El sol había pasado el meridiano, pero quedaban muchas horas de verano que consumir antes de poder oír el primer chotacabras del anochecer.

Mi padre, que era propietario de unas granjas en esa región, decidió que muy bien podríamos visitarlas para ver cómo iba echando hoja el tabaco y cómo marchaba la cosecha de trigo.

De pasada, habría que decir que para mi padre el ser "propietario" de una finca no era jamás cuestión sencilla. Aunque nunca tocaba un naipe, era un jugador de nacimiento, sobre todo en fincas. En cuanto adquiría la propiedad de una granja, inmediatamente la gravaba con una hipoteca, y a menudo con una segunda hipoteca. Con el dinero así liberado, se compraba otra granja y repetía el proceso. Era muy parecido a comprar valores jugando a la Bolsa: cuando subía el mercado, sus beneficios, sobre el papel, se acumulaban en pirámide. Pero a cada recesión agrícola, llegaba al borde del desastre.

Yo no entendía esa complicada contabilidad, y quizás él tampoco. Pero en ese momento él se sentía decentemente rico, con un rancho de trigo en Montana, y otros ocho o diez trozos de inseguras propiedades.

Mi madre no había vivido hasta ver mucho de esta nueva prosperidad. Mujer delicada, muy inteligente, había ingresado en el *high-college* a los catorce años y se había graduado a la cabeza de la clase. Había aceptado a mi padre y se había casado con él, para bien y para mal, compartiendo más años de pobreza que de comodidad. Ella cargaba con las preocupaciones de toda la familia: y fueron sobre todo esas preocupaciones lo que la mató a los cuarenta y siete años. Mi padre, que vivía en un aislado mundo de sueños, tomaba con filosofía todas sus pérdidas, incluso la pérdida de mi madre.

En aquel día de verano de 1918 no tenía preocupaciones en absoluto, a no ser que recordara de vez en cuando que Herschel estaba luchando en primera línea en el frente de Francia. El precio del tabaco en hoja estaba subiendo, como los precios de otros productos agrícolas, y la tierra se vendía más cara que nunca. Sus campos de maíz estaban verdes y prósperos, y su trigo y su avena prometían dar más que nunca por hectárea. En lozanos prados, por los que serpenteaban pequeños arroyos, sus rebaños de ganado Holstein y Guernesey pastaban contentos en hierbas y tréboles que llegaban a la rodilla.

Yo siempre disfrutaba en esas excursiones a las granjas, sobre todo por la oportunidad de ver a los potros y los terneros retozando entre los pastos. Los jóvenes de todas las especies, incluido Pillastre, parecían contentos de vivir.

Sin embargo, precisamente ahora, mi pequeño mapache estaba felizmente exhausto, durmiendo su abuso de huevos de tortuga. Se había tendido en el asiento de atrás, con el rabo anillado pulcramente rizado sobre la cara. Continuó dormido hasta que salió la luna, cuando ya nos acercábamos a nuestro destino en busca de chotacabras.

No tuvimos tiempo de visitar el emplazamiento de la cabaña donde había nacido mi padre ni la gran casa de ladrillo de la finca donde había pasado sus años de muchacho. Si habíamos de llegar a los terrenos de Kumlien, teníamos que dejar el auto en ese punto y caminar a través de los prados a lo largo del antiguo sendero hacia Milwaukee, hace mucho abandonado. Por esta vereda, que venía de Galena (Illinois), en otro tiempo habían pasado pesadas carretas de bueyes tiradas por seis u ocho parejas. Esas "aplastasapos", que llevaban lingotes de plomo desde las minas al puerto en el lago, tenían ruedas hechas de secciones transversales de gigantes olmos blancos. El rechinar de esas ruedas en sus ejes de madera se oía a millas enteras.

Por esa misma vereda de Milwaukee habían llegado colonizadores tan antiguos como Thure Kumlien, de Suecia, y mis antepasados, de Inglaterra.

Las roderas estaban ya cubiertas de hierba y cicatrizadas por el paso del tiempo, pero las vimos claramente cuando mi padre, Pillastre y yo, caminamos a través de la penumbra que se espesaba acompañados sólo por las sombras de pioneros muertos desde hacía mucho tiempo, avanzando a través de campos y bosques de recuerdo.

Por encima de nosotros giraban los halcones nocturnos buscando insectos, con graciosas y cambiantes acrobacias aéreas.

—Fíjate en los óvalos blancos debajo de las alas — dijo mi padre —, es una de las pocas maneras de distinguir los halcones nocturnos de los chotacabras.

—¿Qué otras maneras hay?

—El grito del chotacabras, desde luego, y sus bigotes.

—¿Cómo se puede uno acercar tanto como para verle los bigotes?

—Rara vez se puede — admitió mi padre —, pero en los que disecaba Kumlien, se veían de sobra: unas cerdas rígidas a cada lado de la ancha boca, probablemente para notar los insectos volantes que cazan para alimentarse.

Caminamos en silencio acercándonos a los cuarenta acres de bosque virgen que Kumlien había protegido del hacha. Ya han desaparecido, pero existían cuando yo era muchacho: un santuario y un monumento habitado por el espíritu del buen sueco que tocaba la flauta a los chotacabras.

Por fin llegamos al manantial que había excavado el viejo naturalista, rodeado de pesadas losas de piedra caliza, con su agua fresca rebosando desde abajo y saliendo en meandros en un arroyuelo hasta el lago, a través de prados pantanosos.

Yo tenía sed y me arrodillé para beber en la clara y profunda charca. Pero mi padre dijo:

—Espera un momento, Sterling. Prueba esto.

Mi padre arrancó unas cuantas hojas de una menta que Kumlien había plantado antaño, y me dijo que las restregara entre los dedos y me los lamiera bien. Estaban deliciosos y picantes. Y cuando bebí del manantial, el agua tenía un gusto más frío y refrescante que ninguna que haya encontrado. Bebimos los tres en la luz ambarina que rodeaba el bosque, y luego, entre los helechos, nos pusimos a esperar a mi primer chotacabras.

Muy despacio, la luna llena surgió por encima del horizonte hasta que vimos su circunferencia entera. Pillastre vagabundeó un poco, y atrapó un grillo y se lo comió. Luego volvió junto a mí, gorjeando contento, y a su gorjeo se añadieron otros ruidos nocturnos, las alas de grandes falenas, agitando suavemente el aire, ratones de prado, quizás, y el coro de las ranas en el pantano.

Luego, ¡por fin llegó! Un canto de tres sílabas puras, repetidas tres veces:

—Uí-pu-uí, uí-pu-uí, uí-pu-uí.[1]

Era un solista, ante la sinfonía de la noche, que me hacía sentir ingrávido, trasladado por los aires, espectral: feliz, pero también inconmensurablemente triste.

Otra vez volvió a gritar el chotacabras. Y a esa segunda llamada, otro contestó cortésmente. Durante media hora, continuaron su animado dúo.

Mi pequeño mapache se sentó a escuchar atentamente, notando muy bien la dirección exacta de donde venía cada uno de los gritos. Habiendo dormido la siesta, ahora estaba dispuesto a trasnochar bien.

El concierto terminó tan repentinamente como había empezado, y nos despertamos como de un sueño. Salimos desenredándonos de los helechos, y, a la luz de la luna naciente, doblamos al Oeste, y bajamos por el viejo sendero que había traído a mi gente a esta tierra de lagos y ríos.

---

1. De ahí viene su nombre americano, *whippoorwill*. (*N. del T.*)

CAPÍTULO CUARTO

Agosto

E<small>L</small> duro combate en torno a Soissons, en julio de 1918, sacó de su satisfacción a Brailsford Junction. Al aumentar las listas de bajas, y al llegar la tragedia personal a una casa tras otra, parecía que estábamos mucho más cerca de las trincheras y de los trigales bombardeados de Francia, rojos de amapolas y de sangre.

Una de las primeras reacciones del entristecido pueblo fue prohibir los juegos de guerra a que veníamos jugando todos los sábados en el cerro Earl. Parecía una vergüenza, después de todo nuestro trabajo construyendo refugios y sistemas enfrentados de trincheras; pues habíamos disfrutado a fondo nuestras desesperadas batallas.

El único participante que protestó en voz alta fue Slammy Stillman, el chulo grandullón que nunca había jugado limpio. Era el único chico que tiraba piedras en vez de los reglamentarios terrones, y el único que apuntaba a veces a nuestras enfermeras de la Cruz Roja, que se distinguían por el trapo de fregar que se ponían en la cabeza.

La ceremonia que de veras nos hizo penetrar la sombría realidad de que la guerra no es un juego, fue el servicio religioso celebrado en memoria de Rollie Adams, uno de los muchachos más admirados de la ciudad. Vecinos de todos los grupos religiosos acudieron a la iglesia metodista a escuchar al reverendo Hooton recordarnos que Rollie nunca había odiado ni hecho daño a nadie. Habían arriado la gran bandera de servicio y se la habían puesto a la madre de Rollie en el regazo. Su papel en la ceremonia consistía en quitar una estrella de la bandera y coser una de oro. Todo el mundo lloró, y la guerra pareció terriblemente cerca. Me encontré rezando silenciosamente para que la estrella de Herschel no se cambiara por otra de oro. Ni siquiera tendríamos allí a madre para que la cosiera.

Hubo una sacudida de patriotismo entre los niños de la ciudad: las niñas cosían docenas de manguitos caqui, y los muchachos rivalizaban a ver quién reunía más huesos de melocotón, empleados para hacer carbón adsorbente de caretas de gas.

Otra competición animada fue la lucha por papel de estaño. Los buscadores de papel de estaño subían y bajaban por las calles y callejones, cada niño por su cuenta. En cuanto Pillastre comprendió confusamente la idea común, se alineó por delante de mí registrando los vertederos en busca de la brillante hoja. Mi bola de papel de estaño fue una de las más grandes, gracias a la aportación ocasional hecha por mi mapache.

La única otra ayuda de Pillastre al esfuerzo bélico fue el auxilio que me dio en mi huerto de guerra. Mientras yo cavaba, él me seguía como un perrito. También me ayudaba a recoger guisantes de un plantel tardío. Sin embargo, todos los guisantes que recogía se los quedaba para él, abriendo cada vaina como si fuera una almeja, y echándose ávidamente las perlas verdes a la boca. No le gustaban mucho las judías que iban saliendo en grandes cantidades, de modo que, mientras yo las recogía, muchas veces se echaba una cómoda siesta a la sombra de las hojas de ruibarbo.

En mi huerto se estaba muy bien, con el calor del sol refrescado por alguna brisa ocasional. Las judías eran doradas y suaves, con el tacto del raso, y colgaban en grupos tan densos bajo las hojas que no se tardaba en llenar un cesto. Aunque las tiendas de comestibles me pagaban bien mis verduras y legumbres, ya era suficiente premio sólo el plantar y cosechar tal huerto. Mi madre me había dicho que las semillas llevan en su "memoria" toda la complicada estructura de tallo, hoja, flor y fruto, y me había enseñado cómo los estambres y los pistilos volvían a empezar todo el proceso de hacer semillas. Pareció milagroso entonces, y ahora me lo seguía pareciendo.

Yo había ido notando que mi pequeño mapache llevaba también estructuras en su cerebro, como las aves emigrantes y las abejas, que almacenan miel.

Sin embargo, un serio error que cometí fue dar a probar por primera vez a Pillastre el maíz dulce. Arranqué una panocha gorda de un tallo de mi huerto, la pelé de sus hojas y di el grano a mi animalito, que había observado cuidadosamente toda mi actuación. A Pillastre se le subió un poco a la cabeza. Ningún otro alimento de los que había probado jamás podía compararse con la jugosa golosina nueva que probaba por primera vez. Se comió la mayor parte de la primera panocha, y luego, con frenesí, se subió por otro tallo de maíz, empujándolo lentamente hasta el suelo. Luchó y peleó con una nueva panocha, rompiendo parte de su envoltorio y zampándoselo ávidamente como antes. Aún insatisfecho, dejó la segunda panocha para trepar a un tercer tallo de maíz. Estaba ebrio y trastornado con ese néctar y ambrosía que era el maíz dulce.

Me pareció divertida la jugada de Pillastre. Pero cuando le conté el asunto a mi padre, nos miró a los dos muy serio y dijo:

—Me temo que vas a tener líos, Sterling.

Desde luego que los iba a tener. Pillastre pasó en nuestra cama menos de la mitad de la noche siguiente: lo cual no me molestó demasiado, porque dormir con un mapache en agosto es más caliente de lo debido. Comprendí que debía haberse escapado fuera, para ir a hacer una correría por la vecindad. Pero eso no era raro.

En otras noches siguientes, también se despidió a la francesa. Y empezó a dormir de firme en la mayor parte de las horas de luz del día.

Yo no relacioné sus vagabundeos nocturnos con su afición al maíz dulce, sobre todo porque él evitaba nuestro bancal de maíz. La explicación era muy sencilla: Para que no entraran en nuestro huerto mis marmotas, lo habíamos rodeado con una cerca de tela metálica, instalando una puerta con un fuerte pestillo. Pillastre podría haber trepado la cerca, pero encontró más conveniente asolar los huertos de nuestros vecinos.

Agosto, en cualquier caso, es un mes destemplado cuando las emociones suben con el termómetro. Pero las voces iracundas que se oían en nuestra calle todas las mañanas eran desmesuradas incluso para agosto. Un vecino tras otro — el despreocupado y simpático Mike Conway, el guapo y un poco vanidoso Walter Dabbett, el comerciante de maderas Cy Jenkins, de piel dura como el pedernal, y el reverendo Thurman, de terrible temperamento — encontraron sus respectivos bancales de maíz dulce asolados por algún hostil atacante nocturno. Se hicieron planes para descubrirlo y vengarse.

Fue Cy Jenkins quien encontró huellas de mapache en el polvo, en medio de sus surcos de maíz, y difundió la noticia.

Mi padre tenía razón. Se me venía encima un auténtico lío. Llegó una tarde una delegación, y se sentó en círculo alrededor de mi canoa inacabada para expresar sus quejas, mientras Pillastre se acurrucaba en mi regazo buscando protección.

—He visto las huellas de ese bicho en mi huerto — dijo triunfalmente Jenkins.

—Como las siete plagas de Egipto — dijo Thurman en tono de sermón.

—Bueno, Sterling, tu mapachito nos gusta... — empezó la señora Dabbett.

—... pero la próxima vez que se meta en mi maíz...
— avisó su marido.

Las amenazas nos rodeaban zumbando como avispas iracundas.

—La próxima noche de luna le pegaré un tiro.

—Pondré una trampa, palabra de honor.

—¡Mofetas, marmotas, mapaches! ¿Y qué más?

—Bueno, un momento — dijo tranquilamente mi padre. (Entre otras responsabilidades cívicas, actuaba como juez de paz, y sabía por larga experiencia cómo se maneja un grupo de gente irritada.)

Mike Conway estaba dispuesto a escuchar.

—¿Qué sugiere usted?

—Si Sterling le compra a su mapache un collar y una correa...

—No es bastante — gruñó Cy Jenkins.

—Y si le construye una jaula... — añadió mi padre.

Pillastre empezó a gemir, y yo miré ansiosamente una cara tras otra. Casi todos estaban sombríos, pero la señora Dabbett me lanzó una ojeada de comprensión, antes de volverse a mirar centelleante a su marido.

El señor Thurman, que era ministro de una secta religiosa que no será nombrada aquí, miró ceñudo a mi padre y tronó:

—La venganza es mía, dice el Señor.

Thurman había pasado el día metido debajo de su Ford T, usando palabras de púlpito, pero no a la manera dominical. A Mike Conway le pareció un tanto divertido lo inapropiado de esa cita de la Sagrada Escritura. Mike tenía una risa animada y contagiosa. Y cuando echó atrás la cabeza en una carcajada, todos, menos Thurman, le hicieron coro.

—Bueno, entonces está arreglado — dijo mi padre —. Sterling, ¿por qué no traes unos vasos y un jarro de jugo de pomelo frío?

Thurman y Jenkins no se quedaron al refresco. Pero los

demás disfrutamos la bebida fría; Pillastre tomándola en un platito.

—Lo siento — me dijo la señora Dabbett cuando se marchaba —; Pillastre no sabía que hacía mal.

Cuando se fueron los vecinos, dije agriamente a mi padre:

—Tú puedes meter criminales en la cárcel. Pero no puedes meter en la cárcel a mi mapachito. ¿Qué te parecería que te llevaran por ahí sujeto con una correa?

—Vamos, Sterling — dijo mi padre, conciliatorio —, más vale eso que hacer que le peguen un tiro a Pillastre o le cacen en una trampa.

—Bueno, muy bien. Pero me parece que Pillastre y yo nos escaparemos a vivir en una cabaña en los bosques, no sé dónde.

—¿En los bosques?

—Todo lo lejos de la gente que podamos llegar: por los bosques del Norte arriba, en la orilla del Lago Superior, quizá.

Mi padre lo consideró unos momentos y dijo:

—¿Qué te parecería una excursión de dos semanas, hasta el Superior? Llevando a Pillastre, por supuesto.

—¿Lo dices en serio?

—Claro que lo digo en serio. Puedes, decir a los chicos Conway que den de comer a Wowser y que cuiden tu huerto.

Arrebaté a Pillastre de la alfombra y empecé a bailar como un loco, lo que no le molestó a mi mapache. Él siempre estaba dispuesto a retozar. Habían aplazado la sentencia: un maravilloso aplazamiento de dos semanas.

—¿Cuándo nos ponemos en marcha, papá?

—Pues mañana, supongo — dijo mi padre —. Pondré solamente un letrero en la puerta de la oficina.

En aquellos días no había grandes autopistas que cortaran impersonalmente hacia una meta lejana, dividiendo el país con cintas de cemento insensible. En realidad, apenas había pavimento de ninguna clase, sino sólo unos caminitos amistosos que vagabundeaban por todas partes, fangosos en tiempo de lluvia, polvorientos en la sequía, pero siguiendo viejos senderos de cazadores y de indios, contorneando huertos donde uno podía alcanzar con la mano una manzana temprana, retorciéndose por los valles de ríos y torrentes, y acercándose tanto a los jardines y los pastos de trébol que uno podía oler todos los buenos olores del campo, desde el heno recién cortado hasta el maíz en maduración.

Nos pusimos en marcha temprano, la mañana siguiente, mi padre, Pillastre y yo, en nuestros acostumbrados sitios en el asiento de delante. Doblando hacia el Norte, hacia Fort Atkinson, pasamos ante nuestra vieja granja y el sitio de Kumlien al subir por el valle del río Rock. Yo tenía la pasión de encontrar las fuentes de los ríos. Había seguido todo el arroyo Saunder hasta su primer manantial, casi a diez millas al norte de Brailsford Junction, y siempre había deseado seguir el río Rock hasta su fuente. Así que seguimos a lo largo de los pantanos Horicon.

En cierto punto de esa comarca, cruzamos la divisoria entre las aguas que afluían al río Rock, hacia el Misisipí, y las aguas que se vertían al lago Winnebago y el río Fox, hacia el lago Michigan, y desde allí, por los Grandes Lagos, al San Lorenzo y al Atlántico. Cuando vimos el primer arroyo que corría hacia el Nordeste, me sentí como los primeros exploradores franceses de esa región.

Bordeamos el lago Winnebago durante muchas millas, desde Fond du Lac hasta Neenah y Menasha, donde el Winnebago se vacía en el río Fox, formando cascadas en varios rápidos importantes, a lo largo de su retorcido camino hasta Green Bay.

Fuimos a buena marcha, si se tienen en cuenta los caminos accidentados y dos pinchazos que sufrimos, y que en aquellos días uno tomaba con serenidad, luchando con los hierros de los neumáticos, las cámaras, fáciles de pinchar, y las bombas para inflar.

Llevábamos envueltos varios de mis bocadillos hechos

al azar, unos huevos duros, melocotones recientes y una docena de rosquillas. No había motivo para llevar ningún alimento especial para Pillastre. Comía casi de todo, igual que si fuera una persona mayor, como creía serlo, decididamente. Compramos un cubo de leche fresca y fría en una granja e hicimos un festín junto a un puente sobre un torrente rápido. Pillastre, después de comer, se enroscó en el almohadón del gran asiento de atrás: una rosca de piel brillante sobre el cuero castaño. Y allí pasó felizmente toda la tarde.

Pasar de una región arbórea a otra es más emocionante incluso que pasar de una cuenca a otra. Esta segunda "divisoria" que cruzábamos era desde los árboles de hoja caduca del sur de Wisconsin — álamos, arces, robles, nogales —, a la región siempre verde de los pinos, abetos, pinabetes y cedros.

Ahora los olores y fragancias de las granjas se mezclaban con el gran perfume de los bosques nórdicos: el fuerte aroma picante de los tejos, y el sutil olor cálido de la pinocha, en una capa de cuatro pulgadas como alfombra en el suelo del bosque.

Empezamos a ver las primeras formaciones de rocas de granito y basalto del período geológico más antiguo del mundo, en el Canadian Shield, que guarda en su almacén de tesoros algunos de los yacimientos más ricos del mundo: hierro, cobre, plata y otros muchos minerales.

Mi padre sabía bastante geología y mineralogía para enseñarme dónde las sales de cobre manchaban un risco con azul de azurita o con verde de malaquita. Esos colores se combinaban enérgicamente con el musgo y el liquen de las rocas, añadiendo sus matices a los del cielo y el agua.

Sentí remordimientos de conciencia de dejarme arrebatar de tal modo por esta belleza, nueva y diferente, del norte de Wisconsin. Era como si fuese infiel al sur de Wisconsin y a mi lago, el Koshkonong.

En aquellos días no había moteles, y se encontraban pocos sitios para dormir junto a la carretera, a no ser en una tienda de campaña o a cielo abierto. Yo quería ser un verdadero expedicionario en esa excursión, durmiendo a la intemperie. Mi padre estaba dispuesto a desafiar la lluvia, importándole tan poco como a mí.

Nos detuvimos en una punta que entraba en un pequeño lago claro, desenvolvimos todos los pertrechos que necesitábamos, y nos preparamos para acampar. A salvo en un saliente de granito al descubierto, con sus cristales quizá de dos mil millones de años de antigüedad, hicimos una pequeña hoguera para calentar la cena.

Bajé al fondo del risco, con caña y anzuelo, para lanzar una mosca artificial hacia una incitante extensión de lirios de agua blancos como el marfil. Al lanzar por quinta vez, una ávida perca negra — quizá de dos libras y media — mordió el cebo y se enredó entre los lirios. Por fin la saqué, con los ojos lustrosos y las escamas brillando.

Este pescado, una vez limpio, hecho rodajas y frito con un buen color tostado, sirvió de apetitoso plato principal a los tres hambrientos acampados.

No teníamos tienda de campaña, sino sólo hamacas de marina. Confiados todavía en ese tiempo claro y transparente de agosto, guarnecido por todas partes de flores doradas y ásteres, nos encomendamos al dosel del cielo.

Esa primera noche atamos un extremo de cada hamaca a unos abetos, y el otro extremo al parachoques trasero del Oldsmobile, Tuvimos nuestras dificultades, fácilmente imaginables, para trepar a bordo de esas vacilantes plataformas de lona envolviéndonos al mismo tiempo en las mantas.

Mi padre dijo que me enseñaría cómo se hacía. Agarrándose firmemente a la clavija que mantenía extendida la parte superior de la lona, se acomodó en su traicionero lecho. Pero antes de poderse tapar con una manta, la hamaca se volcó. Aterrizó sin hacerse daño, pero irritado, en el blando almohadillado de la pinocha y las hojas secas de abeto.

Me reí hasta quedar sin aliento, y Pillastre acudió apresurado a ver por qué mi padre estaba tendido en el suelo mascullando para sí mismo.

—Apuesto a que es fácil — dije confiado. Tomé carrerilla, di un salto, me posé de plano en la hamaca, la sujeté por un momento, y luego di una voltereta.

Ahora mi padre se rió tanto como yo, y Pillastre se puso a dar vueltas como si entendiera el chiste. Precisamente entonces, en el momento más adecuado, alguien más empezó a reír, con una risa demente, que helaba la médula, desde muy lejos, al otro lado del lago.

—Santo Dios, ¿qué es eso?

—Es un somorgujo [1] — dijo mi padre —, y se ríe de nosotros: piensa que estamos locos por intentar dormir en hamacas de marina.

De pronto me sentí totalmente feliz, enamorado de ese mundo lunático y de mi padre y de Pillastre. No me importaba dónde dormiría, ni cuántas veces caería volcado de la hamaca.

Salió la luna nueva: una lonja de plata, a través de los puntiagudos tejos del otro lado del lago. Y la fragancia balsámica de los pinos se extendió sobre la oscurecida punta.

Por fin aprendimos cómo se duerme en una hamaca, tapándonos además con nuestras mantas. Pronto caímos en un sueño feliz, con Pillastre a mi lado. Pequeños búhos rechinantes nos cantaron su nana, y al pie del risco había un suave chasquido de olitas, el ruido más tranquilizador del mundo.

Poco después de medianoche, los frenos empezaron a resbalar. El primer aviso llegó cuando nos desplomamos suavemente al suelo, en nuestras hamacas caídas. El auto retrocedía lentamente hacia nosotros. Mi padre, pensando de prisa, metió una piedra detrás de una rueda trasera. Pillastre se despertó más de prisa que yo, y se puso a rondar alrededor del auto como si creyera que nos atacaban.

1. En inglés *loon*, que se considera en relación con *loony*, "lunático, loco", por su grito. (*N. del T.*)

Mi padre y yo estábamos tan soñolientos que no hicimos más que quitar los palos y las piedras más visibles, volver a arreglar la pinocha de debajo de las hamacas, y nos volvimos a dormir. A partir de esa noche, así era cómo íbamos a poner las hamacas, extendidas en el suelo; el único modo posible de dormir en una hamaca.

Después de unos cuantos gruñidos, gorjeos y trinos, Pillastre volvió a entrar a gatas conmigo, bajo mis mantas calientes.

La fría noche siguió adelante sin nosotros, olvidando esta pequeña intrusión de la humanidad. Y continuó la suave serenata: el distante graznido de una avutarda, las pisadas de un zorro, el salpicar de unos peces bajo la pálida luz de la luna. El universo sideral seguía girando a nuestro alrededor, en torno al eje de la Estrella Polar.

Despertamos al amanecer, prodigiosamente recuperados por una noche de aire con olor a pinos. Mi padre dijo que se sentía un poco rígido. Pero le desafié a venir a nadar con nosotros en el helado lago. Nos sumergimos, nos secamos con toallas y subimos a la carrera por el risco, jadeando y riendo, mientras Pillastre nos seguía alegremente goteando. De desayuno, tomamos emparedados de tocino ahumado, y los melocotones que nos quedaban, con café negro hecho en un pote de loza.

Mientras mordíamos los emparedados, totalmente satisfechos, un gran pájaro llegó cerniéndose sobre el lago. Yo fui el primero en observarle.

—¡Mira, una águila pelada!

Mi padre miró el pájaro unos momentos y luego dijo:

—No, hijo, pero casi has acertado. Es un quebrantahuesos.

—¿Cómo lo sabes?

—El águila vuela con las alas derechas. El quebrantahuesos tiene una ligera inclinación en las alas. Nuestro pájaro tiene sólo una cresta blanca, y el águila pelada, cuando es adulta, tiene la cabeza enteramente blanca.

Evidentemente, todavía me quedaba mucho que aprender de mi padre, que explicaba con tanta sencillez los asuntos complicados.

Pillastre me pidió el final de mi emparedado, empinándose en sus sólidas patas traseras, dándome golpecitos en la mejilla y tendiendo la mano hacia el alimento. Así que me tendí en el suelo, a su nivel, y nos miramos cara a cara mientras cada cual mordía por un lado del emparedado, gruñendo suavemente, solo por el gusto de fingir que nos peleábamos un poco por la comida que compartíamos.

Pronto lo recogimos todo, y salimos rumbo a la mañana, a través de sombras de pinos y trechos de sol que salpicaban una ruta serpenteante a través del bosque.

Una de las poesías que me sabía de memoria a esa edad era la de Keats "Al asomarme por primera vez al Homero de Chapman": [1]

> ... *Entonces me sentí como quien mira el cielo*
> *cuando un nuevo planeta navega ante su vista:*
> *como el fuerte Cortés, cuando, con ojos de águila,*
> *se pasmó ante el Pacífico — y todos sus soldados*
> *se miraron, absortos, pensando qué sería*
> *aquello — silenciosos, en un pico, en Darién.*

Mi hermana Jessica, la poetisa de la familia, me había dicho que sin duda era Balboa, y no Hernán Cortés, por supuesto, el primero en haberse asomado a ver el Pacífico. Sin embargo, su crítica no disminuyó mi admiración hacia ese soneto. Todavía estaba yo en la edad sin crítica que permite disfrutar la poesía.

Llegamos al Lago Superior con semejante asombro y pasmo: todo un océano se extendía más allá del horizonte, como si un zafiro tan grande como la mitad del cielo visible estuviera engastado entre acantilados de granito y pinos nórdicos.

1. El gran poeta romántico inglés John Keats escribió el soneto aquí citado al leer a Homero en la traducción hecha por Chapman, poeta ligeramente anterior a Shakespeare. (N. del T.)

Este "mar de agua dulce", como lo llamó Radisson al llegar a estas orillas en otoño de 1659, es el mayor y más profundo de los Grandes Lagos. No se encontrará en nuestro continente una agua más limpia, ni más fría ni más cristalina. Con razón se le llama Superior, no teniendo igual en el mundo.

Desde nuestra elevación, por encima de Chequamegon Bay, veíamos varias de las islas de los Apóstoles borrándose a lo lejos. Al apresurarnos hacia el lago me sorprendí admitiendo de mala gana que ese tremendo recipiente de agua azul era, en efecto, más bonito que mi Koshkonong.

En una orilla de arena refulgente y guijos bien lavados, con las gaviotas gritando en lo alto, mi padre, Pillastre y yo, caminamos por la playa, como si soñáramos. Podía haber sido la isla de Robinsón: tan solos estábamos con el lago y el cielo.

En una pequeña poza hecha por un arroyuelo que desembocaba, mi mapache atrapó un resplandeciente pez que resultó ser una trucha, salpicada de motas. Después, Pillastre exploró los tocones blanquecinos lamidos por las olas. A través de sus laberintos, avanzaba a tientas, curioso pero cauto, al parecer esperando a cada momento encontrarse con el legítimo propietario.

Las playas del Lago Superior están salpicadas de ágatas. Esas antiguas joyas son el resultado de antiquísimas rezumaduras de agua en pequeñas cavidades de la roca. Ese agua lleva en suspensión sílice, con diversos minerales. El resultado es a menudo una piedra preciosa que, en secciones transversales, muestra anillos y anillos, desde el amarillo azafrán, pasando por todos los matices del pardo, hasta un rojo oscuro y denso. En el exterior, las ágatas muchas veces están metidas en hoyos y sin señal visible de su belleza interior, que rivaliza con los vidrios más finamente coloreados. Sin embargo, si se rompen por casualidad, brillan, húmedas y radiantes, en la playa. Durante esa mañana encontramos más de veinte piedras dignas de cortar y pulir.

Pillastre no sabía nada de ágatas, recogiendo y tirando casi todas las piedras brillantes que se le presentaban a la vista. Pero encontró una de las ágatas rotas, y yo se la guardé para que la añadiera a sus peniques y a su punta de flecha. Poco a poco, se fue poniendo impaciente con esa playa que parecía no tener cangrejos, y se echó a dormir en el hueco de un tocón viejo hasta que también nosotros nos cansamos de buscar ágatas.

Comimos en un pequeño restaurante de Ashland, y luego seguimos por la carretera hacia el Oeste, que nos llevó al valle del río Brule, el mejor río de truchas de Wisconsin.

Como necesitábamos provisiones, nos detuvimos en una tienda de encrucijada, vieja y sin pintar. En esa tienda se vendía todo lo imaginable: botas para nieve, escopetas y rifles para ciervos, y hasta un yugo para bueyes. Se podían comprar comestibles igual que telas de colores vivos, equipos para nieve y trampas para osos. También había mercancías más fascinadoras para mí, tales como excelentes cañas de pescar de bambú, y moscas artificiales para truchas, que observé con codicia.

Mientras mi padre compraba pan, tocino y otras cosas necesarias, Pillastre y yo curioseamos. A mí me habían enseñado a no tocar nunca las cosas cuando iba de compras, pero Pillastre no tenía tales escrúpulos. Tocaba delicadamente con los dedos todo lo que brillaba a su nivel, sin cortarse nunca ni derribar el objeto. Sus manitas examinaban refulgentes hachas, ganchos brillantes y arrebatadores carretes de sedal. Cada vez progresaba más su feliz investigación sobre cadenas para troncos, herramientas de jardín y otras quincallas. Sólo cuando trepó al mostrador y empezó a tocar las lámparas de petróleo, yo le detuve por miedo a que hiciera estrellarse alguna contra el suelo.

—Tienes un mapache muy listo de veras — me dijo el tendero —. Algún día será un bonito gorro de piel.

—Nunca será un gorro de piel — dije ferozmente, y sorprendido de la cólera que había en mi voz —; jamás desollará nadie a Pillastre.

Por fin llegamos al que iba a ser nuestro campamento permanente en los bosques del Norte. Estaba en un promontorio a unos veinte pies por encima de uno de los remansos de truchas más profundos y hermosos que he visto jamás, ahondado en la roca en un recodo del Brule. La arboleda que daba sombra al pequeño cerro era el único trozo de bosque virgen que encontré en toda esa comarca del Norte. Si los árboles hubieran sido pinos blancos, los habrían cortado cuarenta años antes. Pero eran pinos amarillos, igual de orgullosos en el bosque, pero casi inútiles para los carpinteros, que llaman a esa intratable madera "pino del diablo", porque se parte y se astilla en todas las direcciones y rehúsa admitir un clavo sin un berrinche.

Las ramas más bajas estaban por lo menos a treinta y cinco pies por encima de nosotros, y el suelo del bosque, abajo, no tenía vegetación, sino sólo una densa alfombra de pinocha. La brisa estaba moviendo siempre con suavidad ese salón de alto dosel, y también teníamos una roca que avanzaba sobre el río para hacer hogueras con seguridad. Cuando el sol se hundió lentamente a occidente, a través de nuestra mansión con techo de pinos, cenamos y preparamos nuestras camas en el suelo. Yo casi había decidido que viviría allí para siempre, evitando así definitivamente la pesadilla de enjaular a mi querido mapache.

Era característico de mi padre que no me hubiera dicho la verdadera razón de ese viaje. Le habían pedido que testimoniara como experto en un proceso que se celebraba ante un juez de Superior, Wisconsin.

Nuestro campamento en Brule estaba a unas veinte millas del juzgado; así que todos los días que se reunía el tribunal, mi padre se marchaba en cuanto se desayunaba, llevándose su paquete de notas y documentos, y volviendo por la tarde.

A mí no me interesaban los asuntos de leyes, y mi padre estaba tranquilo en cuanto a mi seguridad. Sabía que difícilmente me podía perder mientras siguiera el río o uno de sus afluentes, y que Pillastre y yo sabíamos nadar, si nos caíamos en una de las pozas profundas. Varias lluvias recientes habían disminuido el peligro de incendios en el bosque, y no habíamos visto señal de osos: ni huellas a lo largo del río, ni árboles arañados o rascados a la altura del oso sobre el suelo.

A pesar de la guerra en Europa, el mundo, en conjunto, parecía seguro en aquellos días. Habíamos dejado sin cerrar nuestra casa de Brailsford Junction. Rara vez quitábamos la llave del auto. Confiábamos en nuestros semejantes humanos, y sobre todo, en las criaturas de los bosques.

¡Dos semanas de absoluta libertad! Se saborearon todas las horas. El primer día, Pillastre y yo encontramos un claro del bosque donde había una ladera soleada festoneada de moras, grandes y oscuras como uvas negras, y con las hojas laqueadas de rojo oscuro. Volvimos corriendo al campamento por un cubo, y lo llenamos de unas moras tan deliciosas que yo comí una tercera parte de lo que metí en el cubo. Pillastre se portó aún mejor: se comió todas las moras que encontró.

Aquella tarde estuvimos demasiado ocupados en explorar para encontrar tiempo de pescar. Vestido sólo con mi traje de baño, anduve sobre la acolchada pinocha, tan grata a mis pies descalzos como a los de Pillastre. Cruzamos pequeños afluentes del Brule, o subimos vadeando por sus retorcidas aguas poco profundas con esperanza de encontrar las escondidas fuentes de que brotaban. Caminamos a lo largo de troncos cubiertos de musgo, cruzamos y volvimos a cruzar el Brule en sus rápidos espumeantes, fríos como el hielo y claros como el ámbar. Una vez me resbalé en una piedra sumergida, y me hundí riendo en la poza, mientras Pillastre se zambullía lealmente para seguirme en mi diversión. Rojas ardillitas de pino nos regañaron como si hubiéramos interrumpido el culto religioso en una catedral. Ardillas rayadas salieron disparadas, silbando y gorjeando, frenéticas de curiosidad y ansiosas de ver la función.

Habíamos subido mucho vagabundeando río arriba, y ya el sol nos dijo que tendríamos que volver al campamento. Una grata brisa templaba el calor de agosto cuando volvimos sobre nuestros pasos, a veces dentro y a veces fuera del agua. Pillastre pescaba por la orilla del río, dándose un festín de pececillos. Yo vi unas truchas donde el sol se metía en lo hondo de las pozas, lo bastante gordas como para saber que allí había un río rival del río Dove de Isaak Walton.[1]

Cuando llegamos al campamento, nos quedamos asombrados al encontrar un ladrón royendo la caja de madera que contenía nuestra sal, nuestra harina y otros comestibles secos. Nunca había visto hasta entonces un puercoespín, aunque mi padre me había hablado de ellos, y no podía tratarse más que de ese animal: desgarbado, con nariz respingona y erizado de púas. Los puercoespines no pueden disparar sus púas, pero esos arpones puntiagudos, sin embargo, se desprenden de su dueño en cuanto se tocan, y se quedan en la carne de sus enemigos como anzuelos.

Pillastre se había precipitado por delante para mirar más de cerca, pero de repente, se puso cauto. Todos sus antepasados parecían susurrarle al oído: "¡Cuidado! ¡Es un puercoespín!"

Yo no quise matar al intruso. Usando un palo largo, le empujé suavemente hacia un arbolito, al que trepó hasta que pareció un nido de halcón en la horquilla más alta. Luego fui a examinar los destrozos en nuestras provisiones. Era la sal lo que le había apetecido. Había partido la caja de la sal y había comido bastante para darle sed durante seis meses. Supuse que no se quedaría mucho tiempo en lo alto del árbol: tendría que bajar para ir a beber al río.

Pillastre y yo nos tumbamos de espaldas bebiendo gaseosa fresca de una caja que guardábamos en un manantial cercano.

—Apuesto a que a él le gustaría una botella de gaseosa — dije a Pillastre, mientras levantábamos los ojos hacia

1. Walton (1593-1683) escribió *The compleat Angler* (1653), *El perfecto pescador de caña*, que ha quedado como obra clásica. *(N. del T.)*

el sediento puercoespín. Pero Pillastre estaba muy ocupado para prestar atención.

Sujetando la botella con las manos y los pies, bebía todo lo de prisa que puede beber un pequeño mapache. No tenía presentimientos de que esa vida libre no seguiría para siempre, ni de que pronto volvería a casa, de camino al cautiverio.

En los bosques, uno pierde el sentido del tiempo. Yo no tenía reloj con que reemplazar mi Ingersoll roto y sólo podía suponer la hora del día mirando al sol. Incluso se me había olvidado qué día era: y por supuesto que no importaba. No sonaba ninguna campana de escuela o de iglesia para recordarme el paso del tiempo con sus obligaciones. Un día se fundía con el otro, sin poderse distiguir más que como el día que vimos el puercoespín o el día que encontramos el Lago Superior.

Quizá fuera el segundo día o el tercero cuando Pillastre y yo seguimos uno de los mayores afluentes del Brule, corriendo arriba, metiéndonos muy hondo en los bosques en busca de su manantial. Yo había llevado mi caña de pescar, una lata de lombrices y una cesta, pero no estaba teniendo mucha suerte con las truchas: sólo pescaba algunos alevines que desenganchaba cuidadosamente y devolvía intactos a la corriente. Las truchas de arroyo son casi demasiado hermosas para conservar; en esas aguas son oscuras por encima con manchas de sol filtrado en sus costados, unas tan rojas como bayas de pirola, otras casi doradas. Por debajo, son de ámbar pálido: parte del agua misma, y del espíritu de los bosques.

Como de costumbre, las ardillas nos regañaban, y una vez un guaco, todo erizado, salió de su escondite con una explosión de aleteos, abriendo un surco a través de la oblicua luz del sol en el bosque. Pillastre se volvió a mirarme, pidiendo protección, y haciendo sus habituales preguntas. Le aseguré que no había peligro, y me reí de él por tener miedo de un guaco. Por alrededor, había pollitos de guaco escondidos no sé dónde, invisibles entre la pinocha y las hojas secas. Yo no quería que Pillastre los encontrara, de modo que le dije que siguiera adelante. Adelante seguimos, subiendo junto a esa precipitada corriente del bosque.

Parecía un milagro que una cosa tan joven como un alevín de trucha o unos pollos de guaco o mi pequeño mapache pudiera moverse a lo largo de ese cauce entre peñascos tan viejos como el mundo; la nueva vida de esa misma temporada, entre granito anterior a la primera vida del mundo.

Mi madre, antes de morir, me había explicado algunos hechos sencillos sobre las formas primitivas de la vida en la tierra, y me había hablado del relato de la creación en la Biblia como del medio con que un pueblo primitivo y poético quiso anotar el comienzo de las cosas.

Eso no quiere decir que no haya Dios, decía ella, ni que Él no creara el cielo y la tierra, la tiniebla y la luz, y los mares y la tierra; sí, y millones de soles y planetas, galaxias enteras de estrellas lejanas. Su Espíritu se mueve sobre la faz de las aguas.

Luego, con paciencia, como buena maestra que era, mi madre me había explicado, en palabras que yo pudiera entender, cómo habían evolucionado las plantas y los animales desde las formas más sencillas de vida hasta la flora y la fauna, maravillosamente complicadas, de nuestra era actual. Y yo había pensado que no había nadie más agradable ni sabio que mi madre, y nada más grato que el sonido de su voz. Ahora me parecía muy cerca de mí, mientras Pillastre y yo subíamos por ese afluente del Brule arriba.

La corriente bajaba serpenteando hacia nosotros, por encima y por debajo de troncos podridos. Saltaba a través de los restos de un dique de castores abandonado, y corría como azogue a través del prado de los castores, donde las alondras añadían su música a la del agua.

Luego, a otra media milla más arriba, llegamos de repente ante ello: un pequeño lago que era su origen, tan redondo y tan claro como una gruesa gota de rocío. Sus orillas eran de arena limpia y guijos, y estaba encajonado entre cerros bajos, cubiertos de bosques de hoja perenne, con unos cuantos abedules blancos destacándose en nítido relieve sobre el fondo de tejos oscuros.

Había lirios de agua en las partes de poco fondo, con hojas flotantes lo bastante amplias como para que se sentaran en ellas pequeñas ranas, y flores del tamaño de platillos, donde se cortejaban libélulas verdes y escarlata.

Habíamos llegado tan silenciosamente sobre la pinocha, que los bañistas no nos habían visto, y allí estaban, metidos en el lago hasta los corvejones: la primera cierva de cola blanca y el primer cervatillo que yo había contemplado jamás, salvo en libros de historia natural. Entonces los vio Pillastre y le agitó una de sus locas ideas. Se deslizó al agua y tomó el camino más corto hacia el ciervo, sin producir más agitación que una nutria, y sin causar inquietud a ninguno de los dos animales. El cervato y el pequeño mapache casi se habían tocado con las narices, cuando la cierva me advirtió, lanzó un sonido de aviso a su ciervo, y escapó del lago, llamando a su retoño para que la siguiera. Un momento vaciló y volvió la mirada hacia mí con grandes ojos líquidos. Luego, cierva y cervatillo se lanzaron brincando a través de los sauces y agitando sus blancas banderas a la luz del sol.

Pillastre volvió a nado, muy contento de sí mismo y convencido de que había cumplido un valiente servicio al asustar a esos intrusos de un lago que ahora era nuestro por derecho de descubrimiento y conquista.

Otro día, Pillastre y yo doblamos corriente abajo en una expedición de pesca. Como yo no tenía caña para pescar con mosca, y jamás había tenido oportunidad de dominar el difícil y delicado arte de manejar una mosca artificial, la sustituí con el mejor cebo, a falta de ella, una mosca viva que lancé como cuando se lanza para percas negras, retirando ese cebo en breves sacudidas, como si fuera un pececillo herido.

En un remanso conveniente, a media milla corriente abajo, sentí un tirón poderoso, cuando una trucha hambrienta mordió ese viejo cebo. Pero el pez había fallado el anzuelo, y rehusó picar otra vez. Más que nunca, deseé tener una caña para mosca artificial, con un surtido de moscas para pescar esas truchas como es debido.

Pillastre tenía más suerte que yo. Examinaba la orilla del río con dedos inquisidores, revolviendo piedrecillas en busca de cangrejos. Para Pillastre, el pasado y el futuro no significaban nada: vivía completamente en el presente, sin ambición ni preocupación, un compañero de pesca muy cómodo.

Tras un recodo en el río, llegamos a la primera vivienda humana que había visto en varios días. Sentí un choque como de reconocimiento, casi misterioso, igual que si hubiera vivido allí en una vida anterior, y sin embargo, nunca había visto nada exactamente igual a esa gran cabaña con su ancho hogar para el fuego, su galería alrededor, y su césped verde, en declive hasta el agua. Si Pillastre y yo nos sentíamos decididos a vivir en los bosques, ahí estaba el hogar que necesitábamos.

Sin embargo, me di cuenta tristemente de que no por desearlo iba a ser verdad. La cabaña tenía que pertenecer a alguien, y además, un dueño rico. Al dar la vuelta a un grupo de sauces, allí estaba, pescando en su propio remanso de truchas con una caña de pescar de segmentos de bambú que manejaba con tanta gracia como un director de orquesta su batuta.

Era un hombre alto, delgado, tostado por el sol y tranquilamente atento a su pesca. Su viejo sombrero de fieltro estaba adornado de moscas para trucha. Fumaba en pipa, y parecía completamente en paz con el mundo.

Sujeté a Pillastre en brazos para que no interrumpiera su actuación, y le observamos durante varios minutos, sin que el pescador nos advirtiera.

Es fascinador observar a uno que lanza bien la mosca, y ese hombre era un experto. Parecía casi imposible que con su caña de segmentos de bambú pudiera dirigir un cebo sin peso con tal precisión que lo sabía dejar caer en el agua a cincuenta pies corriente abajo, a pocas pulgadas de cualquier blanco, cayendo la mosca tan suavemente en la poza como si realmente fuera un insecto vivo.

Al recoger cada vez, levantaba el sedal y el cebo bien altos por detrás, y luego, con exactitud de fracción de segundo, lanzaba hacia delante la punta de la caña, enviando la mosca velozmente a su destino corriente abajo. Después, sacaba más sedal del carrete hasta que la mosca llegaba al borde de una piedra en el extremo de la poza, a sus buenos sesenta pies más abajo del trecho de grava en que estaba situado.

Entonces ocurría tal como había proyectado el pescador. Había una fuerte sacudida, al salir la trucha de su refugio debajo de una piedra, un tremendo remolino, y luego un brinco claro desde el agua.

Me parece que debíamos haber aclamado a ese pez, que tan valientemente luchaba por su vida. Pero Pillastre y yo éramos primitivos, y teníamos tantas ganas como el pescador de meter la gran trucha en la red. Corrimos por el sendero abajo hasta el trecho de grava para estar más cerca de la escena de acción, mientras el alto y tranquilo pescador luchaba pacientemente con el pez. La caña se inclinaba como un arco en los tirones, volviendo a una suave curva cuando la trucha subía corriente arriba.

Aunque ocupado con su pez, el pescador levantó los ojos y sonrió al ver a sus visitantes. Pero yo sabía de sobra que no había que hablar en tales momentos. El sedal trazaba rápidas figuras a través de la superficie del agua, como un patinador sobre hielo, y una vez más, la trucha salió a la superficie, lanzando salpicaduras a la luz del sol.

—Es bien oscura — dijo el pescador.

—Es enorme.

—No, para ser una trucha oscura: en el Brule, alcanzan hasta doce libras en cualquier sitio.

Cuando el pez empezó a cansarse, el pescador señaló la red de mango largo, tirada en la grava.

—¿Quieres ponérsela debajo, hijo?

—¡Pero podría perderla!

—No importaría mucho... hay la mar de ellas donde ha salido ésta.

Muchas veces había usado yo una red para sacar los peces a tierra, y sabía que había que tener cuidado para no espantar al pez. La técnica es deslizar la red muy suavemente por detrás y por debajo, echándola arriba y adelante con un movimiento rápido y cuidadoso.

Pero Pillastre no sabía nada de esas sutilezas. En su avidez, daba vueltas por la orilla, y cuando la trucha asomó el lomo sobre el agua, Pillastre dio un brinco. Eso hizo que el pez se metiera rápidamente en el fondo de la poza. Le di a Pillastre un ligero golpe en la nariz que le envió a gemir a lo alto de un arbolito, hablando y regañando sobre la injusticia de todo aquello.

En vez de irritarse, el pescador se echó a reír hasta que se tuvo que quitar la pipa de la boca.

—Le podría haber costado la trucha — dije, en son de excusa.

—¿Qué importa una trucha más o menos?

—Bueno, ésta es una hermosura — dije al meterle la red por debajo —. Apuesto a que pesa casi tres libras.

—¿Te gustaría, hijito?

—No podría aceptar su mejor pez.

—¿Mi mejor pez? — El hombre grande se echó a reír otra vez —. Tú y tu mapache, subid a la cabaña. Te enseñaré una trucha de verdad.

Al entrar por el suelo de grandes tablas de la cabaña, tuve otra vez la misteriosa sensación de que conocía el sitio: el cuarto grande con su chimenea de granito, las estanterías de libros, la alfombra de piel de oso. Si no había vivido allí (y desde luego que no había vivido) debía haberlo soñado en detalle.

Bert Bruce — pues así se llamaba — quería enseñarme la trucha de once libras, en la repisa de la chimenea, disecada con tanto realismo, que parecía viva, como si se lanzara hacia la reluciente Royal Coachman, la mosca que había sido su perdición. Cuando levanté a Pillastre para que viera a la magnífica trucha oscura, extendió la mano hacia esa salpicadura de carmesí que también había atraído al pez. Mi mapache resultaba demasiado interesado en moscas para trucha.

Lo que me impresionó inmediatamente en esa cabaña fue su aire de habitabilidad. Los grandes troncos de pino — algunos, de cuarenta pies de longitud — habían sido pelados y barnizados. El suelo, de maderas clavadas, era de roble blanco, fácil de limpiar. Butacas cómodas, una larga mesa bajo unas ventanas que dominaban el río, lámparas de gasolina: todo perfecto para un anochecer de lectura junto a un fuego de madera de abedul.

El señor Bruce colgó en una percha su sombrero decorado con moscas, muy por encima del alcance de Pillastre, y, mientras mi mapache husmeaba al nivel del suelo, me enseñó su colección de moscas. Nunca había visto cosa semejante: tarros de insectos en conserva, cazados con red en este valle, llenaban toda una estantería. Eran los modelos para las moscas artificiales que este pescador se hacía él mismo.

Los cajoncitos que contenían los muchos materiales usados para hacer las moscas, podrían haber sido los de un joyero. En cada cajón, guardaba un tesoro separado, bien protegido de las polillas por bolas de alcanfor. Las fibras para sus moscas eran en gran parte de plumas de gallos de pelea, rojas, jengibre y mezcladas. Ésas las importaba de Inglaterra. Cazaba él mismo con trampa sus zorros y conejos para hacer los cuerpos de sus moscas con el pelo más fino de su piel, sujetándolos firmemente al anzuelo con hilo de oro o de plata tan fino como de telaraña. Las colas de las moscas eran las más finas barbas de plumas, y las alas solían ser plumitas de estornino.

Luego, con ligera vacilación, me mostró el contenido del único cajón cerrado con llave. Inmediatamente me di cuenta de que contenía las plumas de un faisán.

—Sólo he cazado uno en mi vida — dijo —. Necesito esas plumas: no puedo atar algunas moscas sin ellas.

Allí estaba, refulgente y radiante, el plumaje del pájaro más hermoso de Norteamérica.

Mientras yo aprendía sobre el arte de atar moscas, Pillastre había encontrado la alfombra de piel de oso. La cabeza estaba disecada con la feroz boca bien abierta, y Pillastre se deslizaba adentro, dispuesto a saltar atrás en cualquier momento si la alfombra le atacaba. Sacudí la alfombra una sola vez, y Pillastre casi se cayó de espalda. Pero su curiosidad dominó a su precaución, y pronto volvió, tocando la nariz del oso y haciendo correr sus sensibles dedos por los feroces ojos de cristal. Convencido por fin de que el oso no estaba vivo, trepó a la maciza cabeza, orgulloso de haber ganado tan peligrosa batalla. Pronto se enroscó en cómoda posición sobre la piel de su gran pariente, y un momento después, se quedó dormido.

—¿Vive usted aquí completamente solo, señor Bruce?

—Llámame Bert — dijo mi anfitrión —. Todo el mundo vive solo... Sí, vivo solo. No puedo aguantar a las mujeres... son terriblemente limpias.

—Eso me parece a mí — dije.

—Fíjate, por ejemplo, en mi hermana mayor. Vivo con ella en invierno, y la quiero mucho. Pero cuando viene aquí, limpia el polvo y restriega y cambia las cortinas y remueve los muebles. No puedo dejar un libro en la mesa sin que lo vuelva a poner en la estantería.

—Me gustaría tener una cabaña como ésta — dije.

—Bueno, hijo — dijo Bert —, en este mundo no se puede conseguir nada sin trabajar por ello. He tenido una tienda de artículos para deportes en Chicago, durante treinta años. La traspasé y me retiré. Vengo aquí desde principios de mayo a finales de octubre. Pero antes tuve que ganar el dinero.

—Yo trabajaría toda la vida por una cabaña como ésta — dije, melancólico.

—¿Qué tal un bocadillo de jamón para ti y tu mapache?

—No nos vendría mal.

—Bueno, ven a la despensa, y cortaremos una buena loncha de jamón.

Llevé con nosotros a Pillastre para estar seguro de que no haría nada malo. Y mientras estábamos en la despensa, Bert tuvo una buena idea: quiso ver cuánto pesaba Pillastre.

Colgó la cesta de las truchas de una romana que estaba sujeta permanentemente a una viga del techo. Descontando el peso de la cesta, levantó al mapache, ya amable, al cesto de mimbre. Pillastre pesaba exactamente cuatro libras y tres onzas.

—¿Cuánto tiempo tiene? — preguntó Bert.

—Sólo unos cuatro meses, me parece.

—Se cría bastante bien — dijo Bert, volviendo a encender la pipa —. Va ganando cerca de una libra por mes. Será un bicho grande y duro antes de que se eche a dormir para el invierno.

No había duda ninguna de ello. Bert Bruce era amigo nuestro.

Parecía apenas posible que hubieran volado tan de prisa dos semanas. Pero una tarde mi padre volvió y me dijo que el proceso estaba terminado, y que el día siguiente sería el último nuestro en el Brule. Por primera vez desde que habíamos llegado a los bosques del Norte, me quedé un rato despierto aquella noche escuchando el susurro del viento en lo alto de los pinos, y dándome cuenta con tristeza de que ahora debíamos volver a la civilización.

Me dormí con el pensamiento más feliz de que todavía nos quedaba un precioso día, y decidí sacarle el mayor partido.

A la mañana siguiente, tomamos nuestras cañas de pescar y marchamos río abajo hasta la cabaña de Bert. Hacía bastante fresco como para que agradeciéramos nuestros jerseys. Las hierbas y las matas bajas de los pequeños claros estaban colgadas de telarañas, sembradas de perlas de rocío, y unos pocos abedules cambiaban su verde veraniego por el pálido oro del comienzo del otoño.

Mi padre y Bert se habían hecho buenos amigos. Varios atardeceres, habían estado hablando de indios, su pasión común: los Winnebagos, los Chippewas, los Crees, los Teton Sioux, y otros muchos. Mientras Pillastre y yo nos tumbábamos en la alfombra de piel de oso, los indios giraban sin ruido a nuestro alrededor a través del centelleo del fuego, bailando sus danzas de guerra, cazando y pescando, y marchándose abatidos a sus reservas.

Para nuestro placer en ese día final, Bert nos había ofrecido usar su canoa, y estábamos ávidos de probarla. El Brule es muy navegable por embarcaciones ligeras desde esa cabaña hasta el Lago Superior, y hay varios excelentes remansos de truchas en esos trechos finales que casi con seguridad ofrecen peces grandes.

Bert nos despidió, viéndonos a flote sanos y salvos, y nos deseó buena suerte, agitando la mano desde su trecho de grava. Doblamos un recodo en los rápidos de más abajo de su remanso, y avanzamos rápidamente por un túnel de hoja perenne.

Mi padre estaba en la popa y yo en el asiento de delante. Pillastre iba convencido de que él era el piloto. Se había puesto de pie en la proa, atisbando río abajo como un mascarón de proa animado, olfateando la brisa, observando el río, y de vez en cuanto, volviéndose a darnos breves instrucciones. Como siempre, le gustaba la velocidad y una ligera sensación de peligro, y gorjeaba con la mayor satisfacción cuando corríamos por agua blanca de espuma.

Mi padre había comprado su primera canoa a un indio Winnebago, hacía casi medio siglo. Era muy experto, y nos guiaba con golpes rápidos, o con el efecto de remo de la pagaya de timón. Yo también me portaba con competencia, pero era menos aficionado a la popa que a ir cerca de la proa.

La canoa, en sí misma, resultaba tan segura como una barca de remos, cuatro pies más corta que la que yo estaba construyendo, y el doble de ancha. Era una embarcación bonita, que navegaba por el agua como un cisne, y nos llevó con ligereza por las aguas poco profundas donde había truchas en la limpia grava, con la boca contra corriente: casi tan invisibles como una marmota entre hojas secas.

Había muy pocos sitios buenos para pescar a lo largo del primer cuarto de milla desde el remanso de Bert, y yo no cambié el remo por la caña hasta que pasamos el segundo recodo.

Allí encontramos agua tan quieta que pudimos lanzar a nuestro gusto las moscas artificiales mientras dejábamos derivar la canoa lentamente con la corriente. Un ruidoso martín-pescador nos disputó nuestro derecho a sus dominios, disparándose enojadamente a través de nuestro camino, con la cresta tan erguida como el penacho de guerra de un indio. Durante medio minuto, quizás, un visón nos observó desde una barra de arena, apareciendo entre las matas y desapareciendo otra vez con tal rapidez que habríamos dudado de nuestros sentidos si no le hubiéramos visto los tres claramente. Mi padre pescó una trucha pequeña, pero la devolvió a la corriente.

Al salir del remanso, volvimos a tomar los remos para dispararnos precipitadamente por otro rápido. Guiando esta embarcación entre los peñascos, pensé con felicidad en mi canoa, en casa, que algún día estaría dispuesta para el agua. Mi mapache y yo estaríamos a flote en todos los momentos posibles.

A una milla más abajo de la cabaña de Bert, la sensible nariz de Pillastre captó un olor que significaba peligro, y nos lanzó un trino de aviso. Precisamente entonces mi padre y yo vimos un matorral de moras que parecía como si le hubiera alcanzado un pequeño ciclón. Un poco más abajo, un árbol hueco estaba partido y abierto como por un rayo, con tiras de corteza, madera podrida y panales oscuros esparcidos en un trecho de guijos. No podía haber duda sobre ello. Era la obra de un oso.

Hablando bajo ahora y remando en silencio, avanzamos cautamente por aguas tranquilas, doblando un amplio recodo de la corriente. Y allí estaban, al final del remanso, una osa negra con dos oseznos. Ella acababa de lanzarles una gran trucha a sus retoños, sacándola de los rápidos del final del remanso, y los oseznos se peleaban por el pez, gruñendo y dándose mordiscos.

El agudo trino de Pillastre la distrajo de su pesca, y con un gruñido gutural quedó unos momentos como en defensa de sus posiciones, mirándonos con ira. Pillastre no necesitaba advertencias para no echarse a nadar hacia esos grandes y ásperos parientes suyos. Se quedó pasmado en la proa, fascinado pero tembloroso.

La osa habló bruscamente a sus oseznos, se metió entre los sauces y álamos con un gran chasquido de hojarasca, y sus obedientes pequeños la siguieron a la carrera. Desaparecieron tan completamente como el visón, y pronto hubo silencio.

—Bueno, Sterling, ya has visto osos por primera vez.

—Y ciervos, y un puercoespín.

Nada podía superar esta experiencia, creía yo, pero en el siguiente remanso hubo otra a su altura. Había lanzado el anzuelo más allá del remanso, a los rápidos que venían luego, y retiraba la mosca a golpes irregulares para evitar troncos sumergidos, cuando un picotazo terrible me dobló la caña como si fuera de sauce. Mi sedal estaba tenso, y el pez se había enganchado firmemente en el anzuelo con mosca y parecía inclinado a llevárselo todo río abajo, hasta el Lago Superior.

Mi padre remó hacia atrás para mantener la canoa quieta contra la ligera corriente que atravesaba el remanso, y yo hice lo que pude para evitar que la trucha enredase el sedal en algún tronco medio sumergido en los rápidos.

Otros peces sabrán luchar, pero no hay nada como una trucha grande en cuanto a estilo, gracia y valor: como si sacara fuerza de toda la soledad silvestre. Pillastre estaba tan excitado como yo, charlando y gorjeando.

El pez cambió de táctica y se lanzó rápidamente, corriente arriba, a nuestro remanso. Yo fui recogiendo sedal tan rápidamente como pude para mantener la tensión necesaria en el anzuelo. Durante un terrible momento, creí que le había perdido, pero unos cuantos tirones más en el carrete me mostraron que la trucha seguía sólidamente enganchada, en lo hondo del Brule. Unos pocos momentos después, vio la canoa, y empezó una carrera dando un ancho rodeo corriente arriba.

Mi padre hizo girar la proa ciento ochenta grados para darme la mejor oportunidad de luchar con mi pez, que entonces salió a la superficie con un gran brinco resplandeciente. El agudo gorjeo de Pillastre fue como un hurra de alabanza.

Cuando por fin mi padre metió la red por debajo de mi pez y lo hizo entrar en la canoa, encontré que tenía una hermosa trucha oscura, una de las mayores que jamás podría pescar en toda una vida de pesca. Según la romana de mi caja de aparejos, pesó un poco más de cuatro libras.

—Es tan gorda como tú, Pillastre — dije con placer.

—Es una hermosura, Sterling.

—¿Pruebo a ver si hay más?

—Si quieres...

Pero cuando metí en la cesta mi pez, sobre unos helechos mojados, decidí que por aquel día dejaría a todas las demás truchas en el río. Con el pulso aún latiendo fuertemente, tomé el remo y empezamos el duro regreso contra corriente.

En algún sitio, no sé dónde, debe quedar grabado todo, como los insectos capturados en ámbar: ese día en el río ha de estar anotado en el agua del Brule, escrito en el aire de otoño, a salvo por lo menos en mi memoria.

Ésa fue la mejor trucha que he comido jamás. Fue un festín para los tres. Pero poco después de apagar nuestra hoguera del campamento, se levantó viento, rugiendo entre los pinos, y empujó lluvia fría como cellisca a través del bosque goteante. Apresuradamente lo empaquetamos todo en el auto, subimos las cortinillas, y pasamos una incómoda noche acurrucados en los asientos del Oldsmobile. Al día siguiente nos pusimos en marcha hacia casa, a través de un aire limpio por la tormenta. Íbamos cansados y mojados, pero reconfortados por dos semanas entre los pinos de nuestra magnífica comarca del Norte.

CAPÍTULO QUINTO

Septiembre

CUANDO doblamos entrando por nuestra calle, Poe el Cuervo bajó planeando desde el campanario metodista y gritó: "¡Qué bien! ¡Qué bien!". Wowser, que había creído estar completamente abandonado, salió brincando del cobertizo, me puso las patas en los hombros de un salto, y me hizo caer de espaldas en la hierba, donde me lamió cariñosamente la cara con su enorme lengua.

Pillastre y el cuervo en seguida se pusieron a pelear por algo, y Wowser dejó de lamerme el tiempo suficiente para poner fin a la riña.

Era un estupendo regreso al hogar.

El maíz dulce ya no era problema, por estar seco en la vaina. Pero yo había hecho una promesa y estaba comprometido por mi honor a cumplirla. No podía aplazar indefinidamente lo del collar y la correa, ni el construir la jaula. Nos habían concedido un aplazamiento, y ahora teníamos que enfrentarnos con nuestros problemas.

Uno de esos problemas era el dinero. Yo había ganado y ahorrado lo suficiente como para comprar un Bono de la Libertad, pero mi reserva de dinero al contado disponible era muy escasa. Conté los cuartos de dólar, las monedas de diez centavos y los peniques de mi hucha de barro, y decidí que si compraba el collar y la correa, y la madera y la tela metálica para la jaula, eso me dejaría sin dinero durante seis meses para comprar lona con que cubrir mi canoa. Y eso significaría que la canoa tendría que seguir otro invierno en el cuarto de estar.

A ninguno de los chicos que conocía yo le daban dinero fijo, ni se le hubiera ocurrido pedir un préstamo a su padre. Yo me sentía afortunado porque me dejaban quedarme el dinero que ganaba segando céspedes y vendiendo los productos de mi huerto.

Saqué de la hucha cuatro preciosos cuartos de dólar, metí a Pillastre en el cesto de la bicicleta, y pedaleé lenta y tristemente hacia el centro. Comprar un collar y una correa para mi querido mapache era como comprar unos grilletes de preso para un buen amigo. Pero creí que sería prudente tener la aprobación y la ayuda de Pillastre: eso podría disminuir su terror cuando encontrara que se había desvanecido su libertad.

Nos detuvimos en el Emporio de Cuero y Guarnicionería de Shadwick, que olía deliciosamente a cuero curtido, jabón para silla de montar y aceite para guarniciones. Era un sitio ideal para que curioseara Pillastre, examinando los estribos de sillas inglesas y del Oeste, las hebillas de latón de las guarniciones, y los exquisitos montajes de plata de un equipo de jaeces de tiro que hacían para los caballos del cochecito del banquero local.

Garth Shadwick, como antes su padre, era un guarnicionero de habilidad conocida hasta en lo más lejos del condado y la capital del Estado. Hacía bonitas maletas de cuero, botas de montar a medida y encuadernaciones grabadas. Pero la mayor parte de su actividad era la guarnicionería, una profesión amenazada por el automóvil.

En ese momento, el señor Shadwick tenía una lupa de relojero en el ojo derecho y grababa unas iniciales entrelazadas en una placa de plata. No quise interrumpirle en tal momento, y esperé pacientemente hasta que se quitó la lente del ojo y levantó la mirada de su trabajo.

—¿Qué hay, Sterling?

—No querríamos molestarle, señor Shadwick...

—Los chicos y los mapaches no me molestan — dijo el guarnicionero.

Volvió durante unos minutos a su grabado, y luego lo echó a un lado y estalló:

—Son esos malditos automóviles, malolientes, ruidosos, sucios, los que espantan a los caballos de la carretera... y que le arruinan a uno el negocio... Bueno, hijo, desembucha. ¿Qué es lo que quieres?

—Quiero un collar para Pillastre — dije, luchando con la humedad que me picaba en los ojos —, y una correa trenzada haciendo juego... Y me hacen que construya una jaula para encerrarle.

—Malditos zánganos — dijo el guarnicionero —. ¿Una jaula para un mapachito como ése? ¿Ahora se ponen a perseguir a los muchachos y los mapaches, eh?... ¿Querrás que grabe su nombre en una placa de plata, en el collar?

—No tengo mucho dinero — dije, vacilante —. Pero sería estupendo... Se llama Pillastre.

—Ven acá, Pillastre, y deja que te tome medida del cuello — dijo Garth Shadwick, inclinándose para acariciar a mi complaciente animalito.

—No hace falta que le tome medida, señor Shadwick. Aquí tiene una cuerda con la medida exacta del collar, con nudos donde tienen que ir los agujeros y la hebilla, dejando un poco de holgura para cuando crezca más.

El guarnicionero comenzó a sonreír más de lo que yo le había visto jamás. Con rápida precisión, se puso a trabajar en un collar fuerte y ligero de becerro flexible y dorado, de una media pulgada de ancho. Usó su lezna más pequeña de hacer agujeros, y su aguja más fina y su hilo encerado más ligero. Luego fue a la caja fuerte y sacó una pequeña hebilla de plata que cosió al collar con puntadas casi invisibles. Era la misma clase de trabajo que habría hecho si le hubieran pedido los jaeces para una carroza de hadas. Por fin, se puso la lente en el ojo, y, en una diminuta plaquita de plata, grabó "Pillastre" en bonita letra inglesa.

—Es el collar de mapache más bonito que he visto en la vida — dije.

—Es el único collar de mapache que has visto nunca — se rió, arisco, el guarnicionero —, y el único que he hecho nunca... Mejor será que se lo pruebes a ver si le viene bien.

Yo no estaba seguro de si a Pillastre le gustaría que le pusieran el collar al cuello, pero no podía herir los sentimientos del señor Shadwick. Dejé que primero lo tocara y lo oliera el mapache, diciéndole que era su tesoro más reciente. A Pillastre le gustó la hebilla reluciente, y la placa con el nombre y el tacto del cuero blando.

Por fin, se lo deslicé por el cuello, y, con sorpresa mía, no luchó ni trató de arañarme. En vez de eso, se sentó sobre su traserito plano y empezó a tocar el collar igual que las mujeres tocan a veces el collar de perlas.

El señor Shadwick trajo el espejo de suelo usado para verse las botas de montar. Y Pillastre, que nunca había visto su imagen en un espejo, se puso muy excitado. Se preguntó qué otro mapache era ése que se probaba un collar esa mañana. Primero se dio un golpe en la nariz tratando de pasar a través del espejo. Luego, hablando y gorjeando, dio una carrera alrededor del espejo para encontrar al otro mapache, que, por supuesto, no estaba. Regresó completamente desconcertado, pero aún hechizado. Por fin, renunció a ello, como un rompecabezas demasiado profundo para su pequeño cerebro, y se limitó a sentarse y contemplarse, gorjeando feliz.

Hacer la correa requirió un poco más de tiempo, pero el guarnicionero volvió a trabajar con sorprendente destreza. Cortó seis tiras muy delgadas de la misma piel de becerro, y empezó el trenzado más complicado que he visto nunca. Sus dedos trabajaban tan rápidamente que yo no veía cuáles tiras iban por arriba y cuáles por abajo y a través. La correa terminada, perfecta en toda su extensión, era tan fina como el extremo de mi caña de pescar.

En el lado de agarrar la correa, sujetó una argolla de plata, y en el otro extremo, un cierre para enganchar el collar.

Yo sabía que no tenía bastante dinero en mi hucha de barro para pagar semejante collar y correa, con acabados de plata y todo. Así que puse mis cuatro cuartos de dólar en el banco de trabajo del señor Shadwick y dije que era un anticipo, y que le traería algo todas las semanas durante los próximos seis meses.

El guarnicionero apartó la vista, mirando por el escaparate, igual que lo hacía muchas veces Pillastre: quizá su ánimo volvía a sus años de muchacho cuando no había malditos automóviles que echaran a perder la más hermosa profesión del mundo.

—Bueno, hijo — dijo —. Te estafaría si te cobrase más de veinticinco centavos por esa correa y el collar. Ahora vete con tu mapachito. Tengo que hacer.

Había estado nublado aquella mañana cuando nos pusimos en marcha hacia el centro. Pero el sol brillaba claro cuando volvimos a casa pedaleando.

El comienzo de las clases se aplazó un mes en el otoño de 1918. Con tantos muchachos jóvenes en la guerra, las mujeres y los niños mayores trataron de ocupar sus lugares en las granjas de alrededor de Brailsford Junction.

En aquella región, rica en tabaco, la cosecha se recoge en septiembre — lo bastante tarde como para impedir que se "queme" en los cobertizos, pero lo bastante pronto como para evitar las heladas. Es un pesado trabajo: cortar los tallos de tabaco, escardar estas plantas y colgar el tabaco a secar en los cobertizos. Yo era demasiado insignificante para ser de mucha utilidad en el terreno de la cosecha, pero continué produciendo víveres en mi huerto de guerra — grandes cantidades de zanahorias, remolachas y patatas. Utilicé el huerto como justificación para retrasar la construcción de la jaula de Pillastre. Pero sabía que no podía aplazarse para siempre su prisión, sobre todo, una vez que mostró codicia por un nuevo placer nocturno: las uvas que, en racimos purpúreos, colgaban en los emparrados cercanos. Pillastre, pues, probó muestras de diversas especies de uva: Jonathan, Winesap, Tolman Sweet. Y se iba volviendo cada vez más descuidado respecto a obedecer a mi grito de mando, que, como él sabía muy bien, significaba: "¡Bájate de ese árbol, mapache malo!".

De mala gana, llegué a la conclusión de que tendría que comprar materiales y empezar a construir la jaula. Sacando de la hucha mi pequeño tesoro de moneditas, le enganché la correa a Pillastre y bajé por la calle Albión hacia el almacén de maderas de Cy Jenkins. Mi mapache se había familiarizado con la correa poco a poco, de modo que ya no se ponía en tensión dolorosa contra ella.

Recordando mi misión, encontré difícil disfrutar esta temporada que siempre me había dado tanto placer: las amarillas hojas de los olmos cayendo a la deriva, y el primer destello carmesí en los arces.

Cy Jenkins me había estafado cuando compré madera para mi canoa. Pero tenía tanto afán de ver enjaulado a Pillastre que ahora fingió concederme una ganga en listones de dos por cuatro y tela metálica. Simplemente, me preguntó cuánto dinero tenía y se lo quedó todo.

—Sale justo — dijo.

El viejo tacaño añadió otra concesión, prometiéndome enviar el material con un camión a la mañana siguiente si me ponía a construir la jaula en cuanto llegara.

Me detuve en Correos a recoger nuestras cartas, y encontré una de Herschel para mí. Mis dedos temblaban al abrirla. Había soñado varias veces que le habían herido, y había leído "Sobre la cima", de Arthur Guy Empey, un libro sobre la guerra, tosco, pero muy vivo. En todas sus escenas, imaginaba a Herschel.

En un sueño insistente, le veía al frente de una escuadra de reconocimiento, metiéndose de noche en tierra de nadie, cuerpo a tierra al estallar las granadas, y abriéndose paso a través de laberintos de alambre de espino en que colgaban cadáveres grotescamente. Mucho después supe que había realizado docenas de avances así entre las líneas.

La censura hacía casi imposible la comunicación en la primera guerra mundial, y la carta de Herschel no hacía más que mandar recuerdos y confirmar el hecho de que no estaba herido. Recuerdo sobre todo una frase, porque era típica de su sarcástico buen humor:

"Sterling, envíame unas ligas parisienses. Aseguran en los anuncios que traen mucha suerte."

El hecho de que Herschel siguiera vivo e intacto, y de que Pillastre y yo todavía tuviéramos una tarde por delante antes de que yo hubiera de ponerme a construirle la jaula, me elevó considerablemente el ánimo. Hice emparedados de jalea para los dos, y trepamos por las tablas que yo había clavado al roble, llevándonos el cesto del almuerzo y un ejemplar de "¡Al Oeste, eh!".[1]

En lo alto de nuestra horquilla favorita, comimos y yo leí, fascinado por las aventuras de Amyas Leigh. Mientras tanto, Pillastre se entregaba al pasatiempo favorito de los mapaches: tomar baños de sol en una rama alta. Se tumbó sobre su gruesa barriguita en una rama que pudiera abrazar cómodamente, y dejó las cuatro patas colgando a los lados en cómodo equilibrio. Su hocico apuntaba rama arriba, y su bonita cola anillada colgaba detrás mismo de mí. Y ahí se adormiló horas y horas, absorbiendo el sano sol de septiembre como si almacenara calor para la larga estación fría que quedaba por delante.

Yo estaba tan feliz como él, y tan perdido para el mundo, navegando por los mares de las Indias con Amyas, siguiéndole a la selva en busca de la hermosa muchacha blanca Ayacanora, y marchando con creciente emoción a derrotar a la Armada española. Éramos habitantes de los árboles, mi

---

1. Novela de Charles Kingsley, publicada en 1855. (*N. del T.*)

mapache y yo, y habríamos preferido no tener que volver nunca a poner pie en tierra.

Sin embargo, el hambre nos hizo bajar por fin. Mi padre estaba en Montana, en asuntos de ranchos, de modo que Pillastre y yo nos tomamos de cena lo que nos pareció bien, y luego volvimos a subir al árbol a ver salir las estrellas. Le dije algunas de las cosas que me había dicho mi madre sobre esos soles lejanos, ordenados en sus brillantes constelaciones. Luego tuve una idea triste pero afortunada: si la Osa Mayor era mi constelación, la Osa Menor, por derecho natural, era la constelación de Pillastre. Muchos años después de desaparecer, allí seguiríamos los dos, nadando juntos a través del cielo de medianoche.

Tenía que hacer dos cosas: proyectar cuidadosamente la jaula, y convencer a Pillastre de que sería un placer vivir en su nuevo hogar.

Llevaba varios días observándole atentamente para descubrir qué parte del corral le gustaba más. No podía haber duda sobre sus preferencias: era una extensión de unos doce pies en cuadro, que iba desde la base del roble, al pie de su agujero, hasta junto al cobertizo. Eso incluía una suave porción de hierba y trébol blanco, y mi estanque de cebos, con su agua corriente y su provisión constante de pececillos.

Igual que había familiarizado lentamente a Pillastre con su collar y luego con su correa, ahora le invité a ayudarme a construir su jaula. Cuando llegaron la tela metálica y las tablas, tracé el cuadrado, excavé agujeros para los postes, y también ahondé una zanja de catorce centímetros a cada lado para sujetar el borde inferior de la tela metálica.

Pillastre disfrutó con toda esa actividad sin entender su verdadero significado. Hurgaba en todas las excavaciones, entraba y salía a rastras por el túnel que quedaba en medio del rollo de tela metálica, pescaba lánguidamente en el estanque, o simplemente se echaba a dormir en la hierba.

Mi padre envió una postal desde Montana diciendo que no volvería hasta dentro de diez días, o de dos semanas. Por suerte, teníamos cuenta abierta en la carnicería y en una tienda. Pero para reunir dinero para ferretería, tuve que desenterrar y vender dos arrobas más de mis patatas. Me sentía algo solitario, y agradecía la compañía de Pillastre día y noche.

Quizás habría podido construir la jaula en menos tiempo si no hubiera tenido en cuenta su destino. Sin embargo, pronto estuvieron en su sitio los postes, y, en un día más, quedó clavado el bastidor de tela metálica. Era un cubo de doce pies que daba fácil acceso al agujero de Pillastre en el roble. También abarcaba el estanque de los cebos, usando doce pies del cobertizo como lado del Este. Tuve que poner alambre bien sujeto a través de la parte de arriba de ese cubo, sabiendo que Pillastre era capaz de trepar cualquier cerca que se construyera. Como entrada principal, usé una vieja puerta oscilante, clavando tela metálica al bastidor, y poniéndole charnelas en un poste sólido. Pero durante los varios días que pasé en construir la jaula, tuve buen cuidado de no cerrar nunca esta salida. Ni por un momento se sintió Pillastre encerrado en ella. Le di de comer sus cosas preferidas dentro de la alambrada, siempre temiendo el día en que tendría que cerrar la puerta.

Me parecía una cosa perversa sacar de los bosques a un cachorrillo de mapache — un animalito aficionado a la velocidad, a la aventura y a la exploración — y aprisionarle como un animal del parque zoológico. Había visto las grandes fieras y los osos que dan vueltas por sus jaulas con tristeza desesperanzada. ¿Añoraría así Pillastre su libertad perdida?

Él, pensaba yo, debía tener más espacio y más protección.

Entonces tuve una pequeña inspiración. Corrí a mi mesa de trabajo a traer un compás, un berbiquí y un serrucho fino. Después de comprobar mis cálculos, tracé un círculo en la pared del cobertizo, lo suficientemente grande para un mapache pero pequeño para un perro. Luego perforé cuatro agujeros en el círculo, y con mi delgado serrucho corté una limpia abertura que daba a una casilla de caballo, en desuso hacía mucho tiempo, dentro del cobertizo. Finalmente, lijé los bordes de la abertura para que no arañara a Pillastre, y le enseñé el resultado definitivo.

A Pillastre le gustaban los agujeros de todos los tamaños, desde los de cangrejo, que exploraba con zarpas sensibles, hasta los agujeros tan grandes como éste, por donde podía meterse. Mientras yo ponía paja fresca en la casilla de caballo y la cerraba con tela metálica, mi mapache se pasó la mayor parte del tiempo entrando y saliendo por su agradable puertecilla. Su hogar se iba haciendo más atractivo día a día.

Sin embargo, todavía no entendía que le estaba construyendo una prisión. Y cada vez que los vecinos me preguntaban cuándo le iba a encerrar, yo decía:

—Quizá mañana.

El acontecimiento más emocionante de Brailsford Junction, en septiembre, era el Picnic Irlandés, con la Feria de Caballos. Siempre se celebraba un sábado, unos días antes que la Feria del Condado, en Janesville, hacia la cual gravitaban después la mayor parte de los caballos de carreras y los expositores.

No sé por qué se llamaba "Picnic Irlandés", puesto que sólo un porcentaje muy pequeño de nuestro pueblo era irlandés. Pero los irlandeses eran dueños de la mayor parte de los buenos caballos de carreras y de andadura de nuestra comarca, y muy probablemente eran ellos los que habían establecido esas carreras que ahora atraían centenares de espectadores.

Mike Conway, nuestro vecino del lado Oeste, tenía un caballo de carreras estupendo, un animoso garañón, padre de algunos de los potros y potrillas más notables del condado. En la madrugada de todo Picnic Irlandés, se veía a Mike almohazando a "Donnybrook", su caballo, hasta darle un lustre de raso, lavándole bien y engrasando sus guarniciones de carreras.

"Donnybrook" parecía darse tanta cuenta como su amo de que ése iba a ser el gran día. Las yeguas oían con interés su relincho a gran distancia, y él retozaba por sus pastos, dando coces y sacudiendo la cabeza.

Algunos caballos de carreras tienen por compañero querido un perro o un gato. "Donnybrook" había llegado a tener gran afecto por Pillastre. En cuanto mi mapache trepaba a uno de los postes de la bonita cerca blanca que rodeaba la dehesa, el caballo negro inmediatamente se suavizaba y cambiaba su agudo relincho en un suave resoplido. Mientras Pillastre aguardaba en el poste de la cerca, "Donnybrook" se acercaba al trote a saludarle. El mapache siempre pasaba sus manitas por el gran morro aterciopelado, manoseando los anillos brillantes del freno. Naturalmente, Pillastre y yo siempre íbamos a aclamar a "Donnybrook" en cualquier carrera que corriera.

Aquella misma mañana, al otro lado de la calle, el señor Thurman estaba ajustando el carburador y haciendo otros arreglos de última hora en su Ford modelo T. Aullaba himnos que eran interrumpidos explosivamente cada vez que se pillaba un dedo o se le caía una llave.

Mike Conway y Gabriel Thurman nunca habían sido los mejores amigos, pero en las últimas semanas, su pleito había tomado un nuevo cariz. A Mike le gustaban los caballos y odiaba los autos tan terriblemente casi como su amigo Gart Shadwick. Thurman estaba aterrado con los caballos, pero le extasiaban los autos.

Mike jamás admitiría que tenía miedo de nada. Pero el hecho era que nunca había subido en un auto, hasta un día reciente, en que Thurman le ofreció llevarle en su Ford. Mike pidió en silencio la protección de San Patricio, se metió en el estremecido y traqueteante carro de aniquilación autopropulsado, y allá que fueron.

Gabriel Thurman tocaba la bocina en todas las ocasiones posibles: un claxon lo bastante erizador de nervios como para espantar a todos los caballos del barrio. Al doblar de la calle Albion a la Fulton — la principal calle de negocios — Thurman apretó el acelerador y pasó rugiendo entre el tráfico con satánico placer, mientras Mike mascullaba un fervoroso "Ave María", poniéndose de un patriótico verde.[1]

Mike se empeñó en devolver el favor. Dos días después enganchó a "Donnybrook" a su cochecillo de entrenamiento y ofreció a Thurman una vueltecita por la ciudad hasta su iglesia. Thurman, que no era del todo tonto, le dio las gracias sin hacer caso. Mike se burló un poco de su valentía, y Thurman enrojeció ligeramente y subió al cochecillo.

El trote por Albion abajo no fue demasiado aterrador, pero el camino establecido era la calle Fulton, como bien sabían los dos. Delante del almacén de Pringle, Mike hostigó a su caballo, siempre dispuesto. Cuando alcanzaron el Tobacco Exchange Bank, "Donnybrook" había llegado a su velocidad máxima. Thurman empezó a invocar a Jehová cuando pasaron a la altura de la Heladería Badger. Pero mucho antes de llegar a los Laboratorios Badger — que producían un tónico nervioso precisamente para tales ocasiones —, sus ojos se revolvían y chillaba: "¡Socorro! ¡Asesino! ¡Se ha espantado el caballo! ¡Déjeme salir, loco!".

La ciudad entera sabía lo de estas dos carreras, y las habladurías mejor informadas se empeñaban en que Conway y Thurman habían hecho una especie de apuesta y que su misteriosa resolución podría tener lugar durante el día del Picnic Irlandés.

Yo tenía tanta curiosidad como todos. Así, echándome al hombro a Pillastre, crucé la calle hasta la casa de Thurman, que continuaba trabajando en su auto.

—Me gustaría abrillantarle el radiador — dije.

Thurman lanzó una mirada fulgurante hacia mí y hacia Pillastre.

—El mejor modo de abrillantar un radiador es con una

1. Por ser llamada Irlanda la "verde Erín" y ser Thurman de origen irlandés. (N. del T.)

piel de mapache. Y si ese animalito tuyo vuelve a invadir otra vez mi propiedad...

—¡No le haría nada a mi mapachito!

—Ah, sí, seguro que sí — dijo Thurman —. Clavaría su piel en la leñera. Creía que ibas a encerrarle en la jaula, como prometiste.

—Dentro de unos días — dije —. Ya puede ver que lo llevo con correa.

—Es un paso por el buen camino — concedió Thurman.

Sabía que no era de buena educación, pero ahora había perdido mi dominio. Me sentí ligeramente agitado al oírme preguntar:

—Señor Thurman, ¿cuál era su apuesta con Mike Conway?

—¿Apuesta? — gritó Thurman —. ¿Qué apuesta? Los ministros religiosos nunca apuestan. Ea, vete de aquí con tu mapache, y no te acerques.

Volvimos a nuestro porche de delante, y Pillastre y yo nos sentamos en butacas de mimbre a contemplar un verdadero desfile. Nuestra calle era el camino derecho a los terrenos de la feria, y todos los animales que se exhibían, los caballos de carreras y los autos tenían que pasar ante nosotros en revista, como si fuéramos jueces o invitados de honor.

Siempre había unas cuantas jacas bien amaestradas, para la caza y para paseo, purasangres, caballos de andadura de Tennessee, y otras criaturas mimadas, avanzando con orgullo y gracia hacia sus aseguradas cintas de premio, blancas, rojas o azules. Pero nuestra región era más de prosperidad laboriosa que de lujo sin esfuerzo, de modo que la mayor parte de nuestros buenos caballos eran de raza de tiro.

Teníamos macizos caballos belgas, a veces de más de una tonelada de peso y de impresionante alzada, caballos de Suffolk, de Clydesdale y percherones. En las pruebas de tiro, esos tremendos y fieles animales eran tan valientes y leales a sus amos que no podía mirarles mucho tiempo en sus actuaciones sin que me destrozaran el corazón.

Por lo visto, pronto les harían pasar de moda las otras formas de locomoción que desfilaban ante nuestro asiento de primera fila: autos de todas clases, desde Fords hasta White Steamers y Packards de seis cilindros gemelos. Los calesines, los birlochos y los grandes carros verdes, con lucidas ruedas rojas, se movían muy despacio en comparación con cualquier automóvil.

Mi padre seguía en Montana, así que ese año no estaría conmigo viendo los animales expuestos y observando las carreras. Asolé mi hucha de barro en busca de mi último puñado de moneditas, le prendí la correa a Pillastre, monté en la bicicleta y nos pusimos en camino.

El mundo estaba fresco y chispeante aquella clara mañana de septiembre. Durante la noche, una leve lluvia había posado el polvo: sin llegar a volver fangosos los caminos, lo bastante para poner ozono en el aire y rocío en la hierba. Silbando cualquier melodía que se me venía a la cabeza, pedaleé felizmente hacia los terrenos de la feria con Pillastre en el cesto.

En el tráfico, se notaban nuevas garantías de un buen día: el carrito de los pasteles, el camión de los helados, que llevaba también muchas cajas de cerveza floja, el camión del maíz tostado y las galletas, y un hombre con globos, en bicicleta, tocando un silbato encantador que atraía a los niños con tanta seguridad como la flauta del flautista de Hamelin. Allá delante, desde los terrenos de la feria, oíamos el órgano de vapor que tocaba "Elena, dame la mano — y móntate en mi aeroplano".

Y entonces se presentaron a mi vista las grandes tiendas de lona y las construcciones blancas, y oímos el feliz zumbido y el murmullo de la multitud que ya se reunía. Sí, ése era de veras el día del Picnic Irlandés, digno de venir a verlo desde muchas millas.

Dejé la bicicleta en la empalizada de las bicicletas, bajo el pabellón principal, y, con Pillastre al hombro, empecé a dar una vuelta a los terrenos. Vimos todos los víveres en conserva, las mantas y otros trabajos de fantasía en la sección de cosas de hogar.

En otra construcción admiramos las grandes calabazas, las cidras Hubbard, melones, el maíz para simiente, las manzanas y las uvas. Fue una buena cosa que llevara a Pillastre sujeto con correa. Quería recorrer con sus ávidas manos todo lo que veía, como una compradora en un saldo. En el caso del racimo de uvas que había ganado el premio, le sujeté apenas a tiempo.

Al visitar el pabellón del ganado, Pillastre caminó por el borde superior de los compartimientos, absolutamente confiado y sin miedo. Terneros y potros se acercaban a saludarle. También los corderos cebados fueron amables. Pero una gran cerda Poland China, con su camada de otoño, se puso amenazadora. Y un carnero merino embistió la divisoria en que estaba Pillastre, lanzándose como una locomotora y chocando con sus grandes cuernos rizados contra la separación de madera. Pillastre habría sido derribado al compartimiento con esa fuerte sacudida si yo no le hubiera arrastrado literalmente fuera de peligro con la correa.

Después de eso, fuimos más cuidadosos al visitar el pabellón de los caballos, para ver, ahora más de cerca, los hermosos animales que habían pasado ante nuestra casa a primera hora de la mañana.

La mayor parte de los caballos no estaban inscritos en ningún acto especial, salvo el gran desfile en torno a la pista de carreras. En el pabellón, los juzgaban tres expertos, ásperos y serios, traídos para esa ocasión; y algunas de las cintas azules, rojas y blancas ya estaban concedidas. Pero fuera, en las cuadras para la carrera, estaban los bonitos caballos, trotadores y de andadura, que luego veríamos en acción. Había potrillos y potrillas de dos años que iban a competir en el premio Junior Classic. Eran jóvenes criaturas de ánimo elevado, con ojos llenos de fuego y malicia, y yo sujeté a Pillastre bien lejos de las puertas de su terreno. La mayor parte de los caballos de tres años se comportaban mejor. Y, desde luego, allí estaba "Donnybrook", que resopló su saludo y acarició a Pillastre afectuosamente con el morro. En dos de los tres últimos años, había ganado el Senior Classic. Y creo que sabía que veníamos a animarle.

Fue puro placer enseñarle a Pillastre todo eso por primera vez, y estaba constantemente interesado por todo lo que veía. Dimos vueltas juntos en el tiovivo: Pillastre iba sentado delante de mí en el caballito de madera, subiendo y bajando alegremente, una vuelta tras otra. Quiso montar por segunda vez, pero yo tenía que andar con cuidado con mis monedas, o si no, acabaríamos el día en quiebra. Sin embargo, no pudimos resistir a la rueda Ferris. Era la más grande que había venido jamás al Picnic Irlandés, y cuando llegamos a lo alto, vimos hasta la aldea de Albion, a lo lejos, al otro lado de los pantanos. La altura no nos daba miedo a ninguno de los dos, y era un poco como volar, cerniéndose hacia arriba y bajando luego en planeo.

Pillastre habría seguido de buena gana montado todo el día, y yo también, pero el dinero de mi bolsillo desaparecía demasiado de prisa.

No costaba nada inscribirse en la carrera a "tres patas". Pero cuando vi a algunos de esos grandullones de catorce años que se alineaban, comprendí que ni Óscar Sunderland ni yo tendríamos probabilidades. En cambio, decidimos apuntarnos en otra prueba que iba a empezar pronto, el campeonato de comer tartas.

Charlando alegremente sobre Pillastre y la próxima temporada de ratas almizcladas, Óscar y yo avanzamos hacia la larga mesa de pino, con bancos a los lados, en que había servidas veinte tartas de moras.

—He visto un rastro de visón — dijo Óscar —. Vive en la acequia que vacía el lago Mud. ¿Tienes engrasadas las trampas?

—Todavía no. Pero he mandado pedir a Saint Louis nuestros catálogos de pieles.

—Chico, vamos a hacer una fortuna este otoño. Vamos a ser asquerosamente ricos.

—No me vendría mal algún dinero — admití —. Estoy casi en quiebra.

—Vaya, yo también. Por los suelos... Oye, mira esta tarta.

—No es tan buena como las que hace tu madre.

—Lo que es eso, sí que hace buenas tartas — admitió Óscar —. Mamá vale mucho.

Nos sentamos a los lados de la mesa, diez chicos a cada lado. Teníamos las manos atadas a la espalda, y mientras esperábamos el disparo de salida, nos lanzábamos alegres insultos unos a otros. El objetivo de esa enredada competición era comerse la tarta, de tamaño natural, antes que ningún otro concursante. Había que comérsela con la cara, echando atrás el plato con los dientes si empezaba a resbalarse fuera de alcance. Observé un nudo en la ancha mesa que podría ser útil. Si podía maniobrar el plato contra ese nudo, podría meterme bien a fondo.

Entonces descubrí que tenía al otro lado de la mesa a Slammy Stillman, y comprendí que iba a ser el campeonato de tartas más difícil en que había participado jamás. Slammy era un chico de doce años, de lo más gordo, comilón y malvado del pueblo. Nos odiábamos con un sutil odio complaciente, producido por muchas luchas a puñetazos en que siempre llevaba yo las de perder por su mayor peso. Pero, según las leyes de los muchachos, uno no podía rehusar nunca la lucha.

Nos miramos con ferocidad y tristeza. Era una lucha de viejo rencor, hasta la última mora y la última migaja de corteza.

¡Pum! Nos lanzamos con una gran zambullida jugosa a través de la corteza, hundiéndonos en las moras. El nudo de la mesa ayudó un poco, pero no bastante. Sujeté el plato durante tres buenas acometidas, y luego lo dejé resbalar.

Había tal agitación, ruido y salpicaduras de moras, con algunos chicos prácticamente tumbados sobre la mesa tratando de recobrar sus platos, que era difícil ver quién iba ganando. La gente, a nuestro alrededor, reía estrepitosamente, pero a nosotros no nos hacía mucha gracia. Estábamos desesperados, irritados, cubiertos de moras y jadeantes. Todo el mundo quería el primer premio de tres dólares, para no hablar de la gloria y la cinta azul.

Yo estaba prácticamente seguro de que sólo Slammy Stillman me llevaba ventaja, y no veía cómo podría alcanzarle. Entonces vino en mi ayuda mi mejor amigo. Pillastre entendía mucho de tartas, y le gustaban las moras. Subió de un brinco a la mesa y empezó a ayudarme con mi tarta, zampándosela a una velocidad prodigiosa. Y lo mejor es que trabajaba por el otro lado de la tarta, añadiendo cinco libras y media de mapache a la resistencia que ya ofrecía el nudo. Mi plato apenas resbalaba.

Slammy Stillman fue el primero en darse cuenta. Se puso por completo furioso. Ese personaje que jamás respetaba una regla, empezó a chillar:

—¡Tramposo, tramposo: mirad este tramposo!

Mientras chillaba Slammy, no podía comer tarta. Pillastre y yo le superábamos de prisa. Los jueces se reían tanto que no podían recobrar aliento para gritar ninguna advertencia de orden.

Pillastre y yo llegamos enérgicamente al último lametón, a un octavo de tarta por delante de nuestro más inmediato seguidor, que por suerte era Óscar Sunderland.

Nadie ha publicado nunca un manual sobre campeonatos de comer tarta, y los jueces empezaron una discusión que se hizo vociferante. Pillastre y yo quedamos parcialmente descalificados. Óscar recibió los tres dólares y la cinta azul, lo que me hizo feliz, porque Óscar era mi compañero de caza y casi tan sin dinero como yo. Pero yo recibí el premio de consolación, una auténtica pelota de *baseball* firmada por todos los jugadores de nuestro equipo local.

Slammy habría enrojecido si no hubiera estado completamente azul por la cara. Durante todo el día gruñó y amenazó, gritando "Tramposo" cada vez que me veía con mi mapache. Fue una victoria deliciosa.

El sol de septiembre estaba en lo más alto. Pero, quién sabe por qué, ni Pillastre ni yo hicimos caso de las campanas de almuerzo que tocaban las simpáticas y cordiales señoras que servían de comer en los pabellones levantados por las diversas denominaciones religiosas. En el menú metodista había pollo asado con acompañamientos, tres verduras y tarta de moras. Este último plato nos convenció de que no necesitábamos comida de mediodía.

A las dos de la tarde empezó la carrera de caballos. Una hermosa potrilla baya de Janesville ganó por una nariz al potro favorito de Madison en el Junior Classic. Se movía como un reloj suizo, levantando orgullosamente las patas, con los músculos en suaves ondulaciones. Después de ese arranque, los caballos de tres años actuaron más conforme a lo previsto, con un magnífico caballo de Stoughton que superó el record de los ocho estadios.[1] Sin embargo, al sucederse una carrera a otra, los espectadores se preguntaban:

—¿Dónde está "Donnybrook"?

Mike Conway no quería fatigar a su caballo negro.

Por más que le gustara ganar el Senior Classic, hoy tenía otras miras: la esperanza casi imposible de aventajar a una amenaza mayor que ningún caballo rival; a saber, el Ford modelo T de Gabriel Thurman.

Probablemente no habrá más de cincuenta caballos de trote que hayan tirado de un calesín a lo largo de una milla en dos minutos. Quizá noventa caballos de andadura han conseguido esta gloria inmortal. Hablando en general, hace falta un gran caballo para recorrer, con los jaeces de carrera, un estadio en quince segundos, o una milla en dos minutos.

1. "Estadio", *furlong*, un octavo de milla. *(N. del T.)*

Igualmente (a no ser que los maneje un conductor de carreras) pocos Fords de los antiguos podían doblar esa velocidad, a sesenta millas por hora, o "una milla por minuto".

Las matemáticas de esta carrera parecían evidentes. Un buen caballo trotador iba a competir con un Ford bien ajustado. Según lo sensato, Gabriel Thurman habría tenido que conducir su chatarroso Ford cuatro veces alrededor del óvalo de media milla mientras "Donnybrook" tiraba de Mike Conway en su calesín dos veces alrededor de esa pista.

La noticia se extendió rápidamente por el cobertizo principal. ¡Mike había apostado a que podría dar dos vueltas a la pista mientras Thurman, con su Ford, daba solamente *tres* vueltas! Sin embargo, había un truco astuto. "Donnybrook" no necesitaba que le pusieran en marcha con manivela, y Thurman tenía que esperar el disparo de salida antes de dar con la manivela a su Ford, saltar adentro, y salir disparado en persecución del caballo y su dueño.

Mike Conway había observado muchas veces al impaciente impetuoso Gabriel Thurman poner en marcha su Ford. Sabía que Thurman siempre se descuidaba mucho en los tres aspectos del asunto. Ponía demasiado bajo el gas y el contacto. Cuando se irritaba, siempre daba un tirón al cable de obturación (que salía a la izquierda de la manivela), inundando así el carburador. Mike no entendía de mecánica, pero muchas veces había usado su cronómetro observando los fútiles intentos de Thurman por arrancar el auto.

Gabriel Thurman se daba cuenta de su impetuosidad. Sabía que en su afán por hacer rugir y resonar su Ford, daba lugar a contragolpes en la manivela que casi le partían el brazo. Tuvo mucha precaución, poniendo el gas y el contacto apenas por debajo del nivel permitido, y prometiéndose que no tocaría el anillo en que terminaba el cable que iba a parar al carburador.

Bajaron la bandera, levantaron la barrera y Mike y "Donnybrook" salieron como una centella. Fue puro gozo ver el caballo levantando sus patas de medias blancas. Mike iba cómodamente en el asiento del calesín, formando parte de su caballo como si hubiera ido montado en él.

Gabriel Thurman dio una vuelta a la manivela, y casi le derribó al polvo el contragolpe. Se precipitó al volante, ajustó el gas y el contacto, y volvió a probar. Un pequeñísimo "paf" le produjo tal exasperación, que tiró del cable del carburador con un tirón desesperado. El carburador se inundó hasta gotear gasolina por debajo del auto.

Para entonces Mike Conway y "Donnybrook" habían completado una vuelta entera de la pista y tenían sólo otra más que dar. Por suerte más que por habilidad, Thurman puso entonces en marcha su Ford. Y salió estallando, tocando el cláxon y tirando de la palanca del gas hasta el final. Era casi una carrera equitativa, si el Ford podía hacer sesenta millas por hora mientras "Donnybrook" se mantenía a treinta.

En carretera abierta, Thurman habría ganado. Pero su problema estaba en tomar las curvas sin saltar por encima de la cerca. "Donnybrook" cruzó la línea de llegada con una ventaja de dos cuerpos, ganador indiscutible.

Hubo otro premio para Pillastre y para mí. "Donnybrook" se aproximó a la cerca donde mi mapache miraba y aguardaba con ansiedad. Con más de mil espectadores disfrutando el espectáculo, "Donnybrook" acarició con el morro a Pillastre, mientras éste le pasaba las manos por la nariz y la brida. Una vez más, habíamos probado el sabor de la victoria.

Volví a casa al atardecer, encontrándola vacía. Llamé al telégrafo de la estación del tren para saber si mi padre había telegrafiado desde Montana diciendo que volvía a casa. Pero, desde luego, no había mandado ningún mensaje.

Llevé a Pillastre a su jaula, y me senté largo rato a hablarle y acariciarle mientras tomaba su cena. Luego, acercándome para la temible acción, salí de la jaula y cerré la puerta detrás de mí, enganchándola fuerte por fuera.

Pillastre, al principio, no comprendió lo que había pasado. Se acercó a la puerta y me pidió cortésmente que la abriera y le dejara salir. Luego se le ocurrió de repente la idea de que había caído en una trampa, y estaba enjaulado, aprisionado. Corrió rápidamente dando vueltas a su cuadrado de tela metálica, luego al cobertizo, a través del agujero que yo había abierto, y por todo aquel recinto interior, y luego otra vez volvió atrás, ya frenético.

Yo me metí en casa para alejarme de su voz, pero me llegaba por las ventanas abiertas — pedigüeña, aterrorizada — preguntando por mí, diciéndome que me quería y que siempre había confiado en mí.

Al cabo de un rato, no pude aguantarlo más y salí a abrir la puerta de alambre. Se me aferró y lloró y habló de ello, preguntando esa pregunta sin respuesta.

Así que me le llevé conmigo a la cama, y caímos los dos en un sueño agitado, mientras nos tocábamos una vez y otra a través de la noche para tranquilizarnos.

CAPÍTULO SEXTO

Octubre

Volver a la escuela siempre había sido un placer. Significaba lápices y cuadernos nuevos: los lápices, olorosos a cedro al afilarlos. La mayor parte de los libros estaban con "orejas" y garrapateados con comentarios nada divertidos y toscos dibujos. Pero de vez en cuando nos proporcionaban dos o tres libros recién salidos de las prensas, olorosos a papel nuevo y tinta de imprenta. El comienzo de ese año escolar fue particularmente importante porque yo ingresaba en Junior High School.

Los alumnos de Senior High School, sentados en la parte de delante de la gran sala de reunión, despreciaban a los que nos sentábamos atrás. Pero nos dábamos cuenta de que algún día seríamos tan importantes como ellos; y teníamos nuestras propias fidelidades e intereses que nos evitaban sufrir demasiado hondo el estigma de ser más pequeños en años y tamaño.

Por lo menos dos de mis nuevos maestros tenían grandes dotes. La señorita Stafford convertía la gramática en un placer. Y la señorita Whalen era tan aficionada a la biología como lo había sido mi madre.

111

Mi única resistencia cuando oí por primera vez la campana de la escuela en octubre de 1918 fue que debía acabar mi verano con Pillastre y encerrarle firmemente en su casa de tela metálica. Había trasladado la gran caseta de Wowser al lado mismo de la puerta de Pillastre. Había hecho falta ser un chico o un perro muy valiente para arriesgarse a entrar en el retiro particular de mi mapache. Consciente de lo que se le confiaba, Wowser se tendió al lado mismo de la jaula, dirigiendo su gran hocico y sus profundos ojos compasivos hacia el pequeño prisionero de al otro lado de la alambrada. Pillastre sacaba el brazo hasta el hombro, daba golpecitos a Wowser en la nariz, y el San Bernardo no dejaba de lamerle amistosamente la mano. Cuando Pillastre gorjeaba o chillaba, Wowser respondía con un gran ladrido, rudo y cariñoso, que terminaba a veces en un aullido de compasión. "Donnybrook" también se preocupaba, añadiendo un suave resoplido desde la dehesa cercana. Había auténtico compañerismo en ese corral.

Yo hice lo que pude para que resultara más llevadero el encierro. Por lo menos, siempre compartía una comida al día con Pillastre en su jaula, y nos reuníamos antes y después de la escuela. Le llevaba conmigo al huerto a ayudarme a cosechar las judías y las cidras. Le gustaba que yo rastrillara hojas, hurgando en todos los montones claros y saliendo por sorpresa de sitios inesperados. Y se convirtió en una auténtica ventaja en el nuevo trabajo que había tomado yo, de vender revistas. Atraía clientes por dondequiera que íbamos.

Debe haber centenares de miles de hombres que hayan vendido el *Saturday Evening Post* de muchachos, y yo me uní a sus filas en la primera semana de octubre. Andaba muy escaso de dinero, y me di cuenta de que tendría que trabajar mucho si había de ganar alguna vez para comprar la lona de mi canoa.

Metiendo a Pillastre en el cesto de la bicicleta, pedaleé hasta la tienda de revistas y papelería de Frank Ash, que estaba en el edificio inmediato al Tobacco Exchange Bank.

Los grandes paquetes del *Post* acababan de llegar en el tren del jueves, y cada uno de nosotros se llevó cincuenta ejemplares para empezar. En la tapa había una niña poniendo una guirnalda de flores en torno a una bandera nacional. Y siempre me impresionaba el hecho de que esa revista la hubiera fundado Benjamín Franklin.

Frank Ash, o el jefe de ventas de la Curtis Publishing Company, habían tomado una decisión diabólica en el intento desesperado de quitarse de encima otra de sus publicaciones. Por cada cincuenta ejemplares del *Post* teníamos que vender cinco ejemplares del *Country Gentleman*, el "Caballero del Campo". Nuestra ciudad estaba llena de agricultores retirados, pero ninguno de ellos quería esa revista. Pillastre, sin embargo, proporcionaba tal espectáculo animado, de propina, que a menudo convencíamos a los clientes para que aceptaran las dos publicaciones.

Íbamos en bicicleta a través del atardecer de otoño gritando:

—¡El *Saturday Evening Post*, cinco centavos! Aquí tiene su *Post*, señor, cinco centavos, sólo cinco centavos. ¡El *Saturday Evening Post*!

Se rumoreó que en la clase de biología íbamos a aprender las cuestiones de la vida, ese año. La mayor parte de nosotros ya había adquirido algunas informaciones erróneas sobre el tema, pero yo tenía una idea muy vaga de cómo están formadas las niñas. Sin embargo, como todavía no tenía doce años, no estaba completamente desesperado sobre mi ignorancia.

Lo que me desconcertaba es que una criatura tan deliciosa y delicada como la señorita Whalen, con su luz en el pelo y en los ojos, pudiera de ningún modo explicar a una clase mixta cómo se hacen los niños. Por fortuna, eso ocurriría mucho más avanzado el curso, y ella iba a tener bastantes meses para llegar al tema a través de la fauna menor.

Nuestra profesora de biología tenía su método propio

para inspirar a nuestra clase. Enseñaba por instinto. Si se veían unos patos salvajes cruzando el cielo de octubre, nos llamaba a todos a las ventanas para escuchar su clamor lejano y ver cómo iban hacia el Sur en V. Nos contaba cómo se van relevando, un pato tras otro, en esa situación difícil, en la punta de la V, rompiendo la resistencia del aire para los que van detrás, y cómo esos valientes patos machos — a veces un pato viudo — hacen guardia solitaria toda la noche, al cuidado de la manada mientras los demás duermen.

—Estamos en una rama de la gran ruta de vuelo del Misisipí — dijo —. Por eso tenemos la estupenda oportunidad de observar tantos millares de pájaros que emigran al Norte en primavera y otra vez al Sur en otoño.

Luego nos dijo que los patos salvajes (como los cisnes) se unen a la misma hembra para toda la vida, y se acompañan juntos, temporada tras temporada, para criar sus patitos en el Ártico y para invernar en las marismas del Sur.

—Por eso está muy mal cazar un pato salvaje o un cisne — dijo —. Deja a otro viudo.

El primer día de clase atrajo nuestra atención preguntándonos a cada cual de nosotros por nuestros animalitos preferidos. Casi todos tenían un gato o un perro o un canario o una jaca. Pero yo era el único de la clase que tenía un mapache. Muchos animales iban a ser invitados, en diferentes días, a nuestras clases de biología.

Encargó a Bud Babcock que trajera a la escuela su perrito *terrier*, y a otros alumnos que trajeran peces dorados, un loro y una ardilla domesticada. Pero Pillastre y yo tuvimos el honor de ser los primeros en recibir tal invitación.

Después de clase me quedé un momento hablando con la señorita Whalen sobre mi mapache, y le pregunté una cosa que me intrigaba desde hacía varias semanas.

—¿Cree usted que los mapaches se convertirán alguna vez en seres humanos? — pregunté, lleno de esperanza.

—Pero, Sterling, ¡qué idea más extraña!

—Ernest Hooton, que vive al lado de mi casa, estudia

antropología, y tiene la teoría de que las manos enseñan al cerebro.

—Sí — dijo la señorita Whalen, pensativa —, quizá sea así.

—Y cree que porque nuestros antepasados, que eran como monos, se pusieron de pie y usaron las manos y llegaron a tener herramientas sencillas, también se desarrollaron sus cerebros.

—Es una idea interesante — dijo mi maestra.

—Bueno, mi mapache usa las manos todo el tiempo, y cada día se hace más listo. Así, en cien millones de años, o por el estilo, ¿no podrían los mapaches llegar a ser algo como los seres humanos?

—Cosas más raras han pasado — dijo la señorita Whalen —. Tengo muchas ganas de ver a tu mapache listo.

Me sonrió cordialmente, pero no se rió de mí ni dijo que mi pregunta fuera tonta. Y yo salí del aula pensando que la señorita Whalen era una persona muy especial.

La mañana en que Pillastre estaba invitado, le cepillé y le peiné hasta que brillaron sus oscuros pelos defensivos y su piel gris de debajo estuvo tan suave como lana de corderillo. Limpié la placa de su nombre con abrillantador de plata, y su collar y su correa con jabón de guarnicionero. Después de todo, era el primer día de Pillastre en la escuela, y quería que diera la mejor impresión posible.

Por suerte, la biología era nuestra primera asignatura por la mañana, así que no teníamos que esperar mucho.

La conducta de Pillastre fue excelente. Limpio, bien educado, alerta, cortés, se sentó a la mesa de la señorita Whalen como si se hubiera pasado la mayor parte de su corta vida dando clases de biología. Hizo unas pocas preguntas sobre el pisapapeles de cristal (que, cuando se volcaba, lanzaba una tempestad de nieve sobre una aldea diminuta), y examinó suavemente esa esfera de cristal.

—Como podéis ver — empezó la señorita Whalen —, los mapaches son curiosos.

Luego escribió en la pizarra "mapache" como se le llama

en Norteamérica: *Raccoon,* una palabra india que significa "El que rasca".

Slammy Stillman levantó la mano.

—¿Se rasca porque tiene pulgas?

Eso produjo risa, y la maestra dio un ligero golpe para imponer orden.

Levanté la mano y se me concedió la palabra.

—Señorita Whalen, Pillastre es perfectamente limpio. Todos los días se echa a nadar, y en su vida ha tenido una pulga.

—Creo — dijo la maestra — que los indios querían decir que los mapaches rascan y escarban en busca de huevos de tortuga y otros alimentos en las orillas. A veces incluso cavan buscando lombrices.

Slammy se enfurruñó y se hundió más en su asiento.

—¿Os recuerda este mapache algún otro animal? — preguntó la señorita Whalen.

—Parece un osito — dijo Bud Babcock.

—Tienes razón, Bud — asintió la maestra —. Es un pariente del oso, y a veces se le llama "oso lavador", porque lava todo lo que come, como os enseñaremos dentro de unos momentos.

Volvió a tomar la tiza y escribió otra vez en la pizarra: *Procyon lotor,* su nombre en latín (*lotor* significa "lavador").

Yo estaba intrigado, porque la señorita Whalen nos contaba algunas cosas que ni siquiera yo sabía de Pillastre. Entonces trajo un recipiente plano y esmaltado, que contenía, además de agua, un cangrejo de río, para sorpresa mía. Se lo puso delante a Pillastre, en la mesa.

—Ahora vamos a ver lo que hace el mapache.

Pillastre, como el prodigioso bribonzuelo que era siempre, miró a toda la clase y a lo lejos, por las ventanas, mientras movía las manos, como si amasara, por todo el recipiente. Sabía perfectamente dónde estaba el cangrejo, pero se estaba luciendo. De repente, su cuerpo se puso rígido para el salto, y dos segundos después tenía su presa firmemente agarrada y la lavaba con complacencia en expectación de su festín.

Para entonces, la clase estaba ya tan contenta como Pillastre, y casi todos aplaudían.

—Los mapaches son *omnívoros* — dijo la señorita Whalen, escribiendo la palabra en la pizarra —. Eso quiere decir que comen casi de todo. Viven desde el Atlántico al Pacífico, y desde el sur del Canadá hasta México. En mayo tienen de dos a seis cachorrillos, generalmente en el hueco de un árbol. Y esos cachorrillos hacen mucho caso a su madre, siguiéndola mientras ella les enseña a pescar en las orillas de los ríos. Son animales mansos, a no ser que se les ataque, pero a veces son capaces de matar a un perro que les acorrala en un rincón.

La señorita Whalen me preguntó si quería contar brevemente mis experiencias con el mapache, y yo me puse de pie ante la clase, acariciando a Pillastre mientras hablaba. Creo que conseguimos la atención de todos menos de Slammy, sobre todo cuando Pillastre se me subió al hombro y empezó a jugar distraídamente con mi oreja.

—A veces hasta duermo con él — confesé —. Es un animalito estupendo.

Después de eso, todos quisieron tocarle. Uno por uno, mis compañeros se levantaron a acariciarle; algunas niñas hacían como si estuvieran un poco asustadas. Slammy fue el último de la fila, y se levantó lánguidamente, con la mirada torcida y haciendo una mueca. Yo vigilé por si ocurría algo malo, pero no llegué a tiempo. Al llegar ante el mapache, Slammy estiró una ancha tira de goma y se la disparó a Pillastre en la cara.

Raras veces había oído yo a Pillastre lanzar su chillido de rabia. Pero esta vez fue pura furia, un grito de guerra a muerte, y, una fracción de segundo después, Pillastre hundía sus agudos dientecillos en la gruesa mano de Slammy.

Slammy aulló hasta que se le oyó en la sala de reunión. Danzó dando vueltas y agitando la mano, mientras chillaba:

—¡Está loco este mapache, está rabioso! Hay que pegarle un tiro ahora mismo, ¡está rabioso!

La voz de la señorita Whalen fue fría y severa.

—Slammy Stillman, todos los que estamos aquí hemos visto lo que hacías. Si crees que este mapache está rabioso, entonces no necesitas más castigo que la preocupación que vas a sentir preguntándote si de veras vas a tener rabia. Ea, ponte un poco de este yodo en el mordisco. Se acabó la clase. Sterling, ¿quieres quedarte un momento?

No sabía lo que iba a ordenar mi maestra, pero resultó un castigo casi tan severo como el que había dado a Slammy. Dijo:

—Lo siento, pero en estas circunstancias tendrás que tener a tu mapache constantemente enjaulado durante catorce días. Si muestra síntomas de rabia, todavía tendríamos tiempo de aplicarle el tratamiento Pasteur a Slammy.

—Pero no está rabioso — protesté —. Usted ha visto lo que ha pasado.

—Sí que lo he visto. Y estoy segura de que es un animal perfectamente sano. Pero no podemos correr el riesgo.

Se quedó un momento callada. Cuando se volvió otra vez hacia mí, había cambiado de humor, y dijo tranquilamente:

—Pillastre es un animalito estupendo. Gracias por traerlo a clase y por tu buena información de palabra. — Acarició al mapache y añadió —: Será mejor que te lo lleves otra vez a su jaula, Sterling. Yo explicaré a los demás profesores por qué estás ausente el resto del día.

Al volver pedaleando a casa, con Pillastre en el cesto de la bicicleta, él ya había olvidado su lucha reciente. Era un día de otoño claro y terso cuando entramos en la jaula para empezar la sentencia de dos semanas. Tuve una ocurrencia loca y cariñosa: si tienen que encerrar a Pillastre, tendrán que encerrarme con él.

Nos sentamos a comer pecanas de cáscara blanda, con ganas de poder seguir siempre uno junto al otro, compartiendo la comida y la compañía.

Slammy, por desgracia, no se murió de rabia. En realidad, los pinchazos de las manos se le curaron casi en seguida. Pero continuó el castigo infligido a Pillastre y a mí. Fuimos compañeros de prisión en todas las horas del día en que podía reunirme con él.

Pillastre empezaba a ponerse un poco gordo, en preparación para el invierno. Yo le daba de comer todo lo que quería, así que no éramos demasiado desgraciados en la jaula.

El día catorce de su encierro, sin que hubiera mostrado un solo síntoma de enfermedad ninguna, le abrí la puerta y salimos a dar una vuelta por el mundo otoñal. Subimos por la avenida Crescent y bajamos por la vereda a través de un mundo incendiado de otoño. Era el veranillo de San Martín. El maíz hacinado, pálido como piel de ante, se levantaba en punta a la inmensa curva azul del cielo, y los arces llameaban en las crestas.

Al pasar ante el huerto de Bardeen, nos servimos unas pocas manzanas. Por la vereda más abajo, donde las cercas tenían guirnaldas de uvas silvestres, Pillastre se tiñó el hocico con ese puro pigmento.

Todos los otoños era necesario examinar los nogales y castaños que esperábamos devastar, y calcular el número de ratas almizcladas que vivían en los estanques y charcas donde esperábamos poner trampas. Ésa era una excursión que solía emprender yo con mi compañero en buscar nueces y poner trampas, Óscar Sunderland. Sin embargo, Óscar no estaba en casa, de modo que Pillastre y yo hicimos el reconocimiento sin él.

En la orilla sobre la charca donde nadábamos, encontramos la triste visión de un gran tocón de nogal donde pocos meses antes se había erguido un árbol gigante. Muchas veces había descansado yo a la sombra de ese árbol, y había recogido sus nueces en otoño, manchándome las manos con sus envolturas. También allí había capturado la gran mariposa Royal Walnut de mi colección. Ahora habían cortado el tronco para hacer culatas de fusil, como tantos nogales en esa época.

Sin embargo, poco a poco olvidé mi ira, al contornear los pantanos y estanques hacia el Norte. Nunca había visto yo tantas madrigueras nuevas de ratas almizcladas, esos montones cónicos de juncos, con entrada bajo el agua, que resultan unos hogares perfectos para esos inofensivos roedores de tan interesante piel. Yo había criado varios cachorrillos de rata almizclada y los había soltado en años anteriores. No podía soportar el matar y desollar a los que había criado con mis manos. Pillastre y yo nos sentamos silenciosos junto a una charca cenagosa donde unos cuantos anadones y patos negros se zambullían y se arreglaban las plumas. Al empezar a caer la tarde, las ratas almizcladas salieron silenciosamente de sus casas a medio hacer y empezaron a cortar espadañas, que se llevaban en la boca a través del agua quieta, para amontonarlas sobre sus hogares.

Volvimos paseando felices al pueblo a través de la penumbra, cuando la llamarada de los arces se transformaba en luz agonizante.

CAPÍTULO SÉPTIMO

Noviembre

La gripe, que se había extendido a través de Europa y de los Estados del Este, cayó sobre Brailsford Junction a fines de octubre, matando a más vecinos nuestros que los que habían muerto en la guerra. Se cerraron las clases, y la gente se deslizaba por las calles medio desiertas con mascarillas espectrales de gasa blanca. Por lo menos una persona de cada cuatro estuvo peligrosamente enferma, y una de cada dos afectada con menos seriedad. A veces, la enfermedad hería con rápida crueldad. Un anciano matrimonio de la parte norte del pueblo quiso salir en un esfuerzo a sacar un cubo de agua del pozo. El viejo murió en la bomba, y su mujer se desplomó a su lado, con el asa del cubo aún aferrada en sus dedos yertos.

Mi caso fue uno de los benignos. Pero en esta ocasión mi padre pareció preocupado. Me envolvió en varios jerseys y mantas, y me ayudó a meterme en el auto. Yo pedí llevar conmigo a Pillastre, y consintió.

Avanzamos lentamente por el paisaje cada vez más deshojado hacia la vieja casa de los North, ahora llevada por el hermano de mi padre, Fred, y su cariñosa mujer, Lillian. Me iban a poner al cuidado de tía Lillian, que nunca recha-

122

zaba a un niño enfermo o a un corderillo huérfano. A mi padre no se le ocurrió telefonearle. Como tío Fred, contaba con ella como algo garantizado.

Ella había sido una atractiva maestrita cuando mi tío Fred se le declaró, en un cochecito de caballos con un tiro retozón, allá por los años noventa, y todavía conservaba huellas de su anterior belleza, después de tener tres hijos, y de tantos años de cocinar, lavar, limpiar, coser, cuidar de las gallinas y hacer manteca. Decía que cuando muriera quería volver a la granja, y hacerlo todo otra vez, porque ésa era su idea del Cielo.

Mi tío Fred era de fibra más áspera, pero la tía Lillian le quería mucho. Áspero, tostado por el sol y fuerte, bien proporcionado en sus noventa kilos de peso, su afición a las bromas estaba teñida de crueldad. Se complacía en hacer rabiar a tía Lillian tocando en su gramófono Edison un cilindro que se titulaba "Por qué busqué un limón en el Jardín del Amor donde dicen que sólo crecen melocotones".

La tía Lillian suspiraba un poco triste y seguía su trabajo interminable mientras mi tío se reía, inmensamente satisfecho de sí mismo y de su ingenio.

Sin embargo, nadie trabajaba más duro ni durante más horas que mi tío Fred. Con cincuenta y dos vacas que ordeñar a mano, doscientos cerdos que alimentar, cuarenta acres de tabaco que plantar, cavar, cultivar, recolectar, escardar y embalar, y otros ciento veinte acres de heno, maíz y avena que cuidar y cosechar, no había bastantes horas de luz en el verano para hacer todo el trabajo. El tío Fred mantenía en marcha a sus hijos, muchachos de algo menos de veinte años, con tanta dureza como a él mismo. Y si alguna vez lo pensaba, debía considerar que el trabajo de su mujer era más fácil que el suyo.

Sus aficiones, en diversas épocas, incluían la fotografía y la taxidermia, la crianza de canarios y peces dorados en cantidades comerciales, de ovejas merinas, de jacas Shetland, hurones, liebres belgas y palomas de fantasía. Compraba y arreglaba máquinas segadoras. Y nada le gustaba

tanto como el día de la matanza (una angustia para tía Lillian, aunque no se quejaba, cuando caían bajo el cuchillo los corderos que ella había alimentado con biberón, y los terneros y cerditos que había criado).

Sin embargo, a pesar de todo, era un matrimonio feliz, y esa enorme granja vieja ofrecía una cálida bienvenida rural.

Tía Lillian salió a saludarnos, limpiándose las manos en el delantal con ese perpetuo gesto de humildad que parece alcanzar a generaciones enteras de granjeras, que han dado tanto para recibir tan poco a cambio.

—¡Vaya, si son Willard y Sterling! Cómo, Sterling, ¿estás enfermo?

—Es sólo un poco de gripe, Lillian — explicó mi padre —. Pensé que quizá tú...

—Pues claro, Willard. Necesita que le cuide. Le pondremos arriba, en la alcoba junto a la nuestra, detrás del salón. No molestará nada. Entrad a tomar una taza de café y a repetir el desayuno.

Entramos en la grata cocina olorosa, con su gran hogar dominando el centro del cuarto, su larga mesa siempre puesta con un limpio mantel de guinga, con plantas florecidas en las ventanas, y rifles y escopetas en un armero en el rincón.

Trajo la gran cafetera de loza del hogar y vertió café humeante en tazas de grueso metal.

—Ahora os puedo preparar jamón con huevos o jamón con tocino en un momento — dijo tía Lillian —, y pan tostado, claro. No es pan de tienda; es uno que acabo de hacer.

Levanté los ojos hacia mi padre esperando que dijera algo apropiado, pero no lo dijo, de modo que traté de ser simpático.

—Tu pan es el mejor que he comido nunca — dije —. Y no necesitamos jamón con huevos, tía Lillie... y gracias por todo.

—Vaya — dijo la tía Lillie, contenta —, siempre sois

bien venidos... tú y tu mapachito. Sterling, para mí eres como mi cuarto hijo.

Creo que por un momento mi padre se dio cuenta de lo que le echaba encima a tía Lillie, quizá recordando también a mi madre y cómo nos había criado a los cuatro — Theo, Jessica, Herschel y yo — mientras él se ausentaba tranquilamente. Pero sólo dijo:

— Sólo café y tostadas, Lillian. Espero que Sterling no sea un estorbo en un par de semanas.

— Sé que Fred sentirá mucho no verte — dijo tía Lillian, trayendo las tostadas y la mermelada —. Él y Charles están cazando ardillas en el viejo sitio de Kumlien. Wilfred está arreglando una máquina de segar y Ernest está arriba estudiando las lecciones. Bajará en seguida.

Tomé el buen café, comí la estupenda tostada, y pensé que en este mundo debe haber pocos seres humanos como tía Lillie.

Durante varios días estuve casi siempre en la cama, levantándome alguna vez a tomar té con tostadas o a dar un paseíto con Pillastre. Sin embargo, al anochecer me ponía una bata y unas pantuflas para escuchar a tía Lillie que leía a la familia en el salón. La gran salamandra, con sus carbones ardientes, enviaba una luz rojiza hacia los rincones de sombra donde unas butacas de terciopelo rojo gastado y unos divanes y un ornamentado órgano de salón prestaban unos toques de elegancia marchita.

Tía Lillie se sentaba en su mecedora junto a una mesita con un quinqué que lanzaba su pálido fulgor sobre las páginas de una revista agrícola. En torno de ella, nos extendíamos cómodamente, oyendo su suave voz que nos leía un folletín interminable.

A Pillastre no le interesaba en absoluto el relato, pero le fascinaba la jungla de pájaros y animales que habitaba el salón. Bien seguros por encima del nivel del suelo, cardenales, tángaras escarlatas, calandrias añiles, y dos de los últimos pichones de paso que se habían visto jamás en Wisconsin, estaban encaramados en perpetuo silencio sobre ramas barnizadas, entre follaje y flores de cera.

Agrupadas en el suelo, con los ojos refulgentes de luz reflejada, había muchas criaturas de cuatro patas que había cazado el tío Fred, disecándolas luego en actitudes naturales. Tejones, marmotas, un pequeño zorro y un feroz lobo del bosque formaban un grupo inverosímil bajo la curva de la escalera. Pillastre se movía ante enemigos en potencia, cauto y vigilante. Le intrigaban especialmente una mapache madre, con sus retoños, dispuestos en el tronco de un cerezo silvestre.

En una pausa entre capítulos del relato, mi tío observó que los mapaches son animales muy interesantes.

—También son estupendos guisados. Parece como si estuvieras cebando a Pillastre para hacer una buena comida de mapache.

—Vamos, Fred — amonestó suavemente tía Lillie —, Sterling quiere mucho a su mapachito.

—¿Quién te enseñó a disecar animales, tío Fred? — pregunté, con esperanza de cambiar de tema.

—Thure Kumlien — dijo mi tío, con un acento de respeto en su voz —. Un gran tipo, Kumlien. Conocía a fondo la taxidermia. La única dificultad es que, después de apuntar a un pájaro que quería, bajaba la escopeta... demasiado tierno de corazón.

—Quería mucho a los pájaros — dijo tía Lillian —. No podía soportar matarlos.

—Yo podría matar pájaros el día entero — dijo mi tío —. Solía cazar cestos enteros de palomas emigrantes.

—Y ahora han desaparecido — le recordó tía Lillie —. No queda una paloma emigrante en Norteamérica.

—Sigue adelante con el cuento, Lillian.

Arrepentida de su atrevimiento, la tía Lillian empezaba otra vez con su voz cansada, columna tras columna de letra pequeña, difícil de descifrar a la luz del quinqué. Fuera, un viento otoñal se levantaba lentamente, gimiendo por los rincones de la casa. Uno tras otro, Charlie, Wilfred y Ernest se habían quedado dormidos... y por fin, tío Fred también. Pillastre se había venido a enroscar en mi regazo. La voz de la tía Lillie vaciló y luego calló.

Los carbones de la salamandra brillaron ahora con menos fulgor, y los ojos de los animales silenciosos, mirando desde las sombras, se apagaban en la sombra exterior. El quinqué todavía vertía su círculo de luz sobre la graciosa cabeza de tía Lillian. Un momento más tarde, saldríamos para la cama: la de Pillastre y mía, caliente e incitante; las de mis primos, no tanto, en los fríos cuartos de arriba.

Otra noche de noviembre había dejado caer su telón sobre el sur de Wisconsin.

En la quinta mañana de mi estancia, Pillastre y yo nos unimos a la familia a las cuatro de la mañana para el "primer desayuno". La tía Lillie, por supuesto, había sido la primera en levantarse, encendiendo en la cocina un fuego con leña seca que Ernest le había dejado preparada en la caja de la leña.

Después, se levantó el tío Fred. La manera de despertar a sus hijos era quitarles todas las mantas, en esos cuartos helados, y gritarles jovialmente:

—¡Hora de ordeñar! Levantaos y resplandeced.

Nos reunimos en la cocina para una "ligera" comida de jamón con huevos, bollos calientes y café, servida a la luz del quinqué, que se reflejaba en las ventanas negras. Charles, el mayor de los chicos, siempre estaba un poco malhumorado por las mañanas. Pero se animó lo suficiente para hacerle cosquillas a Pillastre en la barriga, tratando de hacerle pelear.

Wilfred era simpático y hablaba con amabilidad. Ofreció de comer a mi mapache trozos de jamón de su plato, y prometió darle una vuelta rápida en su moto.

Ernest cumplió un servicio desacostumbrado en un varón de cualquier casa. Ayudó a su madre a servir el desayuno en la mesa, y sugirió que ella se sentara a comer con los demás. La tía Lillie le lanzó una mirada de agradecimiento, pero dijo que comería después.

Mientras nos tomábamos su desayuno campestre, mi tía se atareaba encendiendo las linternas que íbamos a necesitar. Entre sus muchas faenas estaba la tarea diaria de conservar las lámparas y linternas bien abrillantadas y llenas de petróleo.

Sus cuatro "hombres" se levantaron sin una palabra de agradecimiento, y se pusieron sus viejos gorros de caza, sus chaquetones de lana y sus botas de cuero. Cada cual tomó una linterna y un reluciente cubo de ordeñar.

Yo me había abrigado tanto como los demás cuando nos zambullimos en la oscuridad de fuera, inclinando la cabeza para luchar con el viento furioso. Mi tío encabezaba la fila. Pillastre y yo cerrábamos la marcha. Las linternas balanceantes abrían un hueco en la oscuridad, proyectando grotescamente nuestras sombras contra el cobertizo y el almiar que se elevaban delante, como una montaña imponente.

Dentro del cobertizo, fuimos tragados por una gran cavidad con vigas, habitada por filas y filas de animales soñolientos. Esos establos se limpiaban bien y se encalaban todos los días. Tenían un olor que siempre me dará nostalgia: ligeramente acre, desde luego, pero mezclado también con la fragancia del trébol, el ácido picante del estiércol, el astringente polvo de cal, y el buen olor caliente de las propias vacas.

Colgando las linternas en ganchos adecuados, mi tío y mis primos tomaron unas horcas para heno y repartieron el pienso de la mañana a las vacas. Luego, sentándose en taburetes de tres patas, con los cubos firmemente agarrados entre las rodillas, empezaron a enviar chorros rítmicos y sonoros de leche hacia los cubos. Es un ruido que satisface el alma, sedante para las vacas y los ordeñadores. El retumbar se suaviza y la música se ahonda al llenarse el cubo.

Una vez más, fue una suerte que tuviera a Pillastre atado con la correa, pues al pasar por el corredor entre los animales, unas cuantas vacas viejas se pusieron suspicaces, alzando los cuernos y mugiendo contra él.

También los gatos del cobertizo se pusieron un poco nerviosos. Pero en cuanto Pillastre aprendió su truco de sentarse enderezado como ellos y abrir la boca para recibir la porción de leche que se desviaba a ese lado, le aceptaron como uno más entre ellos.

Cada ordeñador tenía trece vacas que ordeñar: un trabajo largo, muy largo. Pillastre y yo pronto nos quedamos dormidos en un montón de heno fresco al pie de la abertura por donde lo metían. Cuando nos despertamos, fue por el alegre resonar de la voz de tío Fred:

—¡Vamos, chico! ¡Vamos, mapache! Se acabó el ordeño. Es hora del segundo desayuno.

Al recobrar fuerzas, ayudé en todas las tareas secundarias, tales como recoger huevos, y dar de comer a los terneros y a los cerdos. Los lechones de otoño se iban poniendo gordos y vociferantes, con voraz apetito.

Ernest y yo encendíamos un fuego chasqueante bajo una gran caldera de hierro, cerca de la pocilga. En la caldera echábamos cuarenta o cincuenta galones de leche fresca y mantecosa, a la que añadíamos pienso molido, removiéndolo en el líquido conforme se calentaba. Cuando la mezcla estaba caliente, la vertíamos en largos comederos. Esto producía tan loca agitación entre aquellas bestezuelas gruñonas, peleonas y tragonas, que Pillastre se subía a un manzano próximo y rehusaba bajar hasta que los cerdos dejaban limpios los comederos y se ponían a rezongar soñolientos en saciedad satisfecha.

A Pillastre le gustaban los corderos, los grandes caballos de labor y casi todos los demás animales. Pero nunca llegó a querer a los cerdos.

Mi pequeña parte de tareas agrícolas me dejaba mucho tiempo para el puro placer. Con Pillastre sujeto con la correa, visitábamos los heniles, llenos casi hasta arriba de trébol y alfalfa. Allí siempre había ruido de pichones que se arrullaban, de gorriones que se peleaban y de ratones que corrían: una música tan soñolienta que a veces nos quedábamos dormidos, encajados en un hueco del heno, a salvo del viento y el frío.

Los graneros, llenos de trigo y maíz, invitaban a una peligrosa zambullida en aguas profundas. Pero después que una vez me salvaron apenas de ahogarme en trigo, contuve a mi mapache, que no comprendía el peligro.

En los cobertizos del tabaco, las hojas estaban oscuras y quebradizas. No tenían ninguna fascinación para Pillastre, que prefería los jamones y tocinos colgados a ahumar, la nata y la mantequilla recién hecha, y sobre todo, como deleite supremo de toda la granja (por lo que se refiere a este bichito), la miel en el colmenar.

Fue a tía Lillie a quien se le ocurrió ese especial obsequio. Se puso un viejo jersey gris, bien zurcido por los codos, se echó un pañuelo por la cabeza, y nos llevó, a través del colmenar, a la pequeña construcción de ladrillo donde se extraía la miel. Dentro de ese útil espacio había un gran tambor de metal que contenía bastidores giratorios, que sacaban la miel de los panales por la fuerza centrífuga.

En ese momento no funcionaba el extractor, pero en el fondo del tambor había suficiente miel como para llenar varias jarras. Estaba poco fluida, a causa de la baja temperatura. Sin embargo, el chorro dorado llenó un jarro tras otro mientras aguardábamos: el resultado en limpio de decenas de millares de viajes de las abejas trayendo néctar desde los campos de trébol de toda la comarca.

—Ahora es cuando os toca vuestra miel a ti y a Pillastre —dijo tía Lillie, dándome una cuchara limpia.

Por supuesto, Pillastre y yo compartimos la cuchara, habiendo sido compañeros de plato en muchas otras ocasiones. Pero yo no recibí mi porción de la miel, porque Pillastre había encontrado su golosina favorita, desde cuando lo del maíz dulce. La tía Lillie no se reía a menudo, pero esta vez se rió hasta que tuvo que limpiarse los ojos con una punta del delantal. El mapache, locamente excitado, había encontrado el grifo de la miel, goteando, y se había puesto boca arriba haciendo lo posible por recibir hasta la última gota que quedara en el tambor.

—Ah, Sterling, qué animalito tan encantador. — Mientras miraba, me echó un brazo alrededor, y de repente sentí un deseo abrumador de decirle cuánto significaba ella para mí.

Creo que lo comprendió sin palabras, porque cuando levanté los ojos, no reía, sino que sonreía tiernamente. Nos llevamos los jarros de miel, y, tirando del reacio mapache, volvimos a la granja a través de la clara mañana escarchada.

El día del Falso Armisticio [1] coincidió con el día en que cumplí doce años. La tía Lillie contestó a tres largos timbrazos del teléfono, que significaban un aviso general para todos.

Fue durante el segundo desayuno, y estábamos en la mesa. Antes de colgar el auricular, ya decía:

—¡Ah, qué estupendo! ¡Ah, gracias al Padre Celestial! Se acabó, se acabó todo. Han terminado esa matanza terrible en Francia.

—¿Quieres decir que la guerra ha terminado de veras, Lillian? — preguntó tío Fred.

—Se acabó. Están firmando un armisticio.

No podría haber pedido mejor regalo de cumpleaños que ése (aunque todo el mundo se había olvidado de que era mi cumpleaños). Quise estar solo para pensar en ello. Y me fui con Pillastre al establo de las jacas, y nos quedamos un rato sentados en un fardo de paja, mirando a Nellie, a su marido Teddy, y a sus potrillos gemelos, Pansy y Pancho Villa.

Así que la guerra había terminado por fin, y esa pesadilla se había acabado. Herschel volvería de Francia, y nos iríamos juntos a pescar.

1. Algún tiempo antes de terminar la Primera Guerra Mundial, se difundió la falsa noticia de haberse firmado ya el armisticio. (N. del T.)

Me fui dando cuenta de ello poco a poco, luego con precipitación, y me sentí jubiloso de felicidad. Abracé a mi mapache y di vueltas bailando con él, mientras él levantaba la cabeza gorjeando preguntas.

—Vamos a montar en un caballito, Pillastre.

De todos ellos, mi favorito era Teddy, un diablillo negro con más mañas que una foca amaestrada. Nadie le había enseñado esas malignas bromas alegres y esas excentricidades. Salían de su propia naturaleza, donde se habían criado con los vientos y las tormentas de las islas Shetland: un salto atrás hacia algún loco antepasado de siglos antes.

Les mordía los costados a las vacas cuando las traíamos a casa de los pastos. Se metía contra tiros de caballos enganchados, dando coces y chillando hasta que a veces provocaba una espantada. Era un verdadero potro cerril de campeonato, cuando llegaba el momento, encabritándose y relinchando su desafío al mundo. Tenía una boca muy dura (y ninguna de esas jacas llevaba bocado en las bridas).

Sin embargo, yo había aprendido a montar en él, y rara vez me tiraba, a no ser que recurriera a su maligno truco de pasar corriendo por debajo de ciertas ramas de árboles que sabía que eran lo bastante altas como para dejarle pasar a él, pero no al jinete. Con Teddy, siempre era como una competición, y había que vencer para conquistar su respeto, con lo cual le recompensaba a uno con una galopada suave y rápida, las crines al viento.

Pero en ese momento, Teddy quería hacer ver que no le gustaba Pillastre, y yo no iba a arriesgar la vida de mi mapache en una cabalgada tan violenta. Los potros gemelos eran demasiado jóvenes para montar, y, por supuesto, no estaban acostumbrados. Eso deja sólo a Nellie, una yegua ancha y cómoda, tan tolerante respecto a Teddy como mi tía Lillie respecto a mi tío Fred.

Nellie nos aceptó encima sin armar estrépito ninguno, como si se hubiera pasado la vida entera transportando la doble carga de un muchacho con su mapache. Pillastre iba sentado delante de mí como cuando subimos en el caballito de madera del tiovivo. Bajamos trotando por la vereda hasta la dehesa, junto a charcas tranquilas con puntas de hielo extendidas sobre las negras profundidades, y arboledas de nogales donde yo había recogido ya muchas nueces. Por fin llegamos a la soledad de los bosques de Kumlien, y avanzamos al paso por sus senderos retorcidos.

No podía haber mejor sitio para contemplar la paz en la tierra que ese bosque donde el viejo naturalista había pasado su tranquila vida.

Esa tarde la tía Lillie preparó un festín especial, no porque fuera mi cumpleaños, ni tampoco por el armisticio que se rumoreaba, sino porque mi padre había venido en auto a cenar, y luego me llevaría a casa. Había pavo asado con nueces, una receta especialmente suya. Había patatas en puré, y batatas, y cidra asada, y más golosinas y conservas de las que puedo recordar ahora. Por fin, nos dieron a elegir entre tarta fría de calabaza con nata batida o tarta caliente de picadillo con frutas, recién salida del horno.

Ahora no parecía importar que todos se hubieran olvidado de mi cumpleaños. Pero, claro, fue tía Lillie quien se acordó.

—Ay, Sterling — dijo, llena de remordimientos, llevándose la mano a la boca —, hoy cumples doce años, y ninguno de nosotros se ha acordado. Y ni siquiera te he hecho un pastel.

Entonces todos cantaron "En el día de hoy", y me sentí bien recompensado.

Mi padre no se excusó, pero echó mano al bolsillo y sacó su propio reloj, con su cordón trenzado, del pelo castaño de mi madre.

Durante varias generaciones, ese viejo reloj ha pasado de padre a hijo. (Y ojalá continúe mucho tiempo esa tradición.)

La mañana del 11 de noviembre de 1918 se firmó el Armisticio de verdad, en un vagón de ferrocarril, en Francia.

Aunque hasta última hora se mataron hombres, el alto el fuego llegó por fin, y un repentino silencio cayó sobre las baterías y las trincheras y los cementerios de Europa. El mundo estaba ahora "seguro para la democracia". Se había vencido para siempre la tiranía. La "guerra para acabar con la guerra" estaba ganada, y jamás habría otro conflicto. O así lo creíamos en aquellos remotos e inocentes tiempos.

En Brailsford Junction se empezó en seguida a celebrarlo. Los camiones de bomberos decorados, los autos y las carrozas de caballos se agolparon en las calles en un desfile ruidoso y feliz. Yo metí cintas de papel rojo, blanco y azul entre los radios de las ruedas de la bicicleta. Con Pillastre en el cesto, pedaleé a través de la multitud, tocando el timbre como pequeña contribución a aquel alegre estrépito. A las once, la sirena de incendios y todas las campanas de las iglesias y las escuelas se unieron al coro.

Por la tarde, mi excitación disminuyó lentamente, y empecé a engrasar las trampas de ratas almizcladas para la temporada que tenía por delante. A Pillastre siempre le interesaba lo que hacía yo. Pero cuando se acercó a olfatear y tocar las trampas, un terrible pensamiento refrenó mis dedos. Dejando a un lado mis trampas, abrí uno de los catálogos enviados a los tramperos por los compradores de pieles de Saint Louis. Allí, a todo color, en primera página, se veía un hermoso mapache con la zarpa atrapada en una poderosa trampa.

¿Cómo podía nadie mutilar las manos sensibles e inquisitivas de un animal como Pillastre? Levanté a mi mapache y le abracé, agitado de remordimientos.

Quemé en el horno mis catálogos de pieles, y colgué las trampas en lo alto del cobertizo, para no volverlas a usar nunca. Ese día, los hombres dejaron de matarse en Francia, y ese día firmé un tratado permanente de paz con los animales y los pájaros. Quizás ha sido el único tratado de paz que se haya observado siempre.

CAPÍTULO OCTAVO

Diciembre
Enero
Febrero

L A primera ráfaga de nieve llegó a principios de diciembre, enviando unos cuantos copos en remolino al hueco de Pillastre en el árbol. Temí que una auténtica ventisca pudiera hacer incómoda esa madriguera. Con un trozo de plancha de cobre, hice un alero sobre la entrada, y forré el mismo agujero con mantas viejas y un jersey que se me había quedado pequeño para que mi mapache tuviera un nido invernal confortable. A Pillastre le gustó en seguida el jersey, quizá por asociarlo conmigo.

Al llegar el tiempo frío, Pillastre se puso soñoliento. Los mapaches no invernan propiamente, pero duermen durante varios días seguidos, saliendo sólo de vez en cuando a dar unas vueltas por la nieve en busca de una buena comida. Todas las mañanas, antes de ir a la escuela, me acercaba a la jaula y metía la mano en el agujero. Quería asegurarme de que Pillastre estaba seguro y cómodo. Era una gran satisfacción sentir su cuerpo de piel caliente respirando despacio y rítmicamente, y saber que dormía tranquilo en su agradable hogar.

A veces se removía cuando le acariciaba y murmuraba en su sueño. De vez en cuando, se despertaba lo bastante como para asomar su carita de máscara negra por el agujero y mirarme. Siempre le recompensaba con un puñado de pecanes.

Yo me daba cuenta, claro, de que nuestra separación parcial era sólo por algún tiempo. Muchos seres vivos pasan el invierno durmiendo: mis marmotas, bajo el cobertizo, las ranas, en lo hondo del barro, las semillas en sus vainas, y las mariposas en sus capullos. No hacían más que descansar para la primavera y volverían a despertar con un gran estallido de vida nueva. Pillastre y yo habíamos de pasarlo otra vez muy bien juntos cuando volvieran los meses cálidos.

Así, con un golpecito o dos para terminar, decía a mi animal que siguiera durmiendo. Y Pillastre, con ojos amodorrados, se enroscaba en una bola y volvía a sus sopores invernales.

Mis problemas financieros aumentaron al acercarse la Navidad. En otoños anteriores había ganado hasta setenta y cinco dólares cazando ratas almizcladas con trampas. Esto me permitía comprar bien meditados regalos para la familia. Pero desde que había firmado mi tratado de paz con las ratas almizcladas y otros animales silvestres, encontraba que no siempre la paz trae prosperidad.

Pregunté a los vecinos si querían que les quitara la nieve de las aceras, y gané un premio de cincuenta centavos por retirar un par de toneladas de nieve. También aumenté mis esfuerzos por vender más el *Saturday Evening Post*. Pero el dinero se acumulaba muy despacio, y los precios de las tiendas eran terriblemente altos. Un libro de pesca con hermosas ilustraciones que quería comprar para Herschel valía cinco dólares, y unos guantes con forro de piel para mi padre eran casi igual de caros. Además, había que comprar regalos para mis dos hermanas, y cositas para mis animales. A ese paso, jamás podría ahorrar bastante para comprar la lona de mi canoa.

Un sábado, después de desanimarme dando una vuelta por las tiendas, me detuve en Correos y encontré en nuestra casilla dos cartas que me alegraron. Una era la primera de Herschel después del Armisticio. La otra era de mi querida hermana Jessica, que seguía trabajando, después de graduarse, en la Universidad de Chicago. Las dos cartas me aliviaron el ánimo en muchos sentidos.

Herschel había sobrevivido a la guerra y a la gripe. Decía que las ligas parisienses que le había mandado eran mejores que una pata de conejo: le trajeron mucha suerte.

Se había suprimido la censura de guerra, y por primera vez, mi hermano podía decirnos dónde había luchado con su destacamento. El párrafo en que anotaba algunas de las más sangrientas batallas de la guerra era tan tranquilamente positivo que podía haber sido el informe sobre un viaje de placer:

"Pasamos un par de meses en la región del Alto Marne, y luego fuimos al sector de Alsacia. Después nos unimos a la ofensiva en Château-Thierry, la de Oise-Aisne y la de Meuse-Argonne. En el momento del Armisticio, estábamos en el Meuse".

Luego venía la decepcionadora noticia de que le habían ordenado marchar al Rin para ayudar a establecer una cabeza de puente cerca de Coblenza (Alemania), y que no le desmovilizarían por lo menos en seis meses. Nos pedía que no mandáramos regalos, diciendo que traería consigo sus regalos cuando llegara a casa.

Mi primera reacción fue la tristeza de que Herschel no estuviera con nosotros en Navidades. No había oído nada sobre un Ejército de Ocupación y no me había dado cuenta de que la desmovilización es un proceso lento. Pero por lo menos estaba vivo e ileso, y yo tendría unos pocos meses más para reunir el dinero para su libro de pesca.

Tener carta de Jessica era siempre una alegría. Sus cartas, vivas, graciosas, cariñosas, decían mucho de su carácter generoso. Siempre había que esperar destellos temperamentales, pero quedaban contrapesados por la animación y el estoico buen humor de esta hermana que había cuidado de mí y de mi padre durante tantos meses después de la muerte de mi madre.

Jessica vendría a casa en Navidad. Incluía un cheque de diez dólares a mi nombre para ayudarme en mis compras de Navidad. Era yo muy afortunado por tener un hermano como Herschel y unas hermanas como Theo y Jessica.

Aliviada mi crisis financiera, me dediqué a la grata tarea de comprar un árbol y barrer y decorar la casa. Mi padre prestaba poca atención a tales asuntos, y además, se había vuelto a marchar por sus negocios.

Casi inmediatamente me di cuenta de que Pillastre planteaba un problema nuevo y difícil. Siempre habíamos tenido la costumbre de dejar que algunos de los animales estuvieran con nosotros en la Nochebuena cuando repartíamos los regalos. Antes, habíamos limitado la delegación de cuadrúpedos a Wowser y el gato que mejor se portara. Pero no cabía pensar en excluir a Pillastre, que, sin embargo, no podía nunca dominarse las manos cuando había objetos brillantes a su alcance.

Sabía examinar un pisapapeles de cristal o levantar la tapa del azucarero sin romper el cristal ni la porcelana. Pero me imaginaba muy bien los destrozos que haría en las frágiles bolas de cristal y las figuritas del árbol de Navidad.

¿Cómo tener a la vez a Pillastre y el árbol de Navidad? Y sin embargo, había que tenerlos a ambos. La respuesta a este dilema vino como una auténtica inspiración.

Había un amplio saliente semicircular que avanzaba

desde el cuarto de estar, con seis ventanas que daban al jardín. Allí montábamos siempre nuestro árbol de Navidad. Yo compré y adorné un gran abeto, que se elevaba graciosamente hasta la estrella de la punta y casi llenaba el saliente con su verde fragante. Esto me ocupó la mayor parte de un sábado. Luego tomé medidas cuidadosas de la abertura rectangular que daba al saliente y me apresuré a mi banco de carpintería en el cobertizo. Me quedaba suficiente tela metálica de la construcción de la jaula para cubrir un bastidor proyectado exactamente para tapar la abertura que había medido. En menos de una hora hacía pasar este artefacto al cuarto de estar, a través de la gran puerta doble de delante. La madera era blanca y nueva, y la tela metálica, resplandeciente, pero, durante unos momentos, vacilé antes de clavarlo a las intactas maderas de nuestra respetable casa antigua. Sin embargo, bastaba un solo clavo en cada esquina del bastidor, y después podía rellenar los agujeros con cera o pasta. Pocos minutos después, el trabajo estaba completo. Y entonces, detrás de la tela metálica, quedó el árbol decorado, con todas sus chucherías, a salvo de mi mapache.

Puse una guirnalda navideña encima de la chimenea, anudé cintas de Navidad a través de las costillas de la armazón de mi canoa, colgué unas pocas ramas de muérdago en los dinteles y las lámparas, y me aparté para admirar el efecto total. Estaba enormemente satisfecho de mi trabajo y apenas podía esperar a enseñárselo a mi padre y a Jessica.

Cuando mi padre volvió de su viaje, le llevé felizmente al cuarto de estar y le indiqué el árbol de Navidad, separado con una alambrada del resto del mundo como si pudiera intentar escaparse a su bosque natal.

—¡No me digas! — exclamó benévolamente mi padre —: ¿qué estás construyendo, Sterling, otra jaula para Pillastre?

—Caliente, caliente — dije —. Es para que Pillastre no pueda trepar al árbol y estropear los adornos.

—Bueno — vaciló mi padre —, por lo menos, es insólito.

—¿No crees que Jessica se caerá de espaldas cuando lo vea?

—A lo mejor — dijo mi padre —. Nunca se sabe lo que hará Jessica.

Había un tren diario desde Chicago, con una vieja locomotora de cinco ejes tirando de un furgón de equipajes, un vagón de pasajeros, y a veces un mercancías y un furgón de cola. Nos gustaba ese tren y escuchábamos cómo retumbaba por el puente del río, cómo pitaba cuatro veces en el cruce de abajo y cómo llegaba, resoplando y jadeando, por la ligera cuesta de antes de la estación. Mi difunto abuelo contaba a menudo del primer tren que había subido por esas vías, con veinte pares de bueyes ayudándole a salvar la cuesta. Pero nuestra máquina era mejor y mucho más nueva.

Parecía haber una música especial en la campana de nuestra locomotora, y una corona especial en su escape de vapor cuando frenaba en una parada y lanzaba siseando su vapor caliente hacia el sol. La hora del tren era emocionante aunque el coche de pasajeros no llevara a nadie tan querido como mi hermana Jessica.

El revisor la ayudó a bajar los peldaños y mi padre y yo nos llevamos su maleta y sus muchos paquetes. Llevaba un sombrero de terciopelo de ala ancha que parecía muy a la moda, un traje nuevo con cuello de piel, y zapatos atados hasta arriba, hasta el borde de la falda. Hacía poco que había publicado una serie de poesías y un cuento, y parecía muy rica.

—Feliz Navidad, Jessica. Bien venida a casa — gritamos.

Nos besó, y luego me apartó y me miró con aire crítico.

—Se te ha quedado pequeña la chaqueta, Sterling. Y te vas a morir de frío por no llevar nada en la cabeza.

—Nunca lleva gorra — explicó mi padre.

Evidentemente, estaba limpio, y había cepillado mis

tercos rizos hasta darles cierta apariencia de orden, de modo que, en conjunto, Jessica no me desaprobó.

Fuimos a casa a través del aire frío como el hierro y de la clara luz del sol, por la calle Fulton arriba, por delante de todas las tiendas. Doblamos a la derecha por Albion, dejando atrás la Biblioteca Pública Carnegie y la Iglesia Metodista, luego a la izquierda, por la calle Rollin, y allí estábamos, siempre riendo y charlando y preguntando mil cosas, como tantas familias cuando se reúnen en Navidad.

Quizás estábamos más alegres de la cuenta para cubrir una tristeza que quedaba oculta. Madre no saldría a la elegante puerta del cuarto de estar para darnos la bienvenida. Herschel seguía en Francia, aunque "vivo e ileso", como no dejábamos de repetir. Theo y su buen marido Norman iban a pasar la Navidad en su casa, allá lejos, en el Norte. Ya nuestra familia, tan unida, se estaba deshaciendo y dispersando, como a todas las familias tarde o temprano les sucede. Pero nosotros tres haríamos lo que pudiéramos por dar alegría a la vieja casa.

Al entrar en el cuarto de estar, no supe bien si Jessica quería reír o llorar. Yo había hecho todo lo posible por adornar el árbol y la canoa, que debía contener nuestro cargamento de regalos. Pero de repente lo vi con los ojos de mi hermana: una barca sin terminar, tela metálica de gallinero, y polvo en los muebles.

—¡No podéis seguir viviendo así en absoluto! — dijo —. Tenéis que tomar una ama de llaves para todo el día.

—Pero, Dottie — argüí, usando su diminutivo preferido —, ¡he trabajado tanto en el árbol y en los adornos y en la alambrada para que no se acerque Pillastre!

Entonces Jessica se echó a reír y me abrazó con esos aires locos con que actuaba a veces (también muy a mi manera). Era, y es, la hermana más espontáneamente afectuosa, atenta, brillante y poco razonable que uno podría desear. Una combinación muy atractiva, siempre lo he afirmado.

—Por lo menos, podemos llevarnos la canoa al cobertizo — dijo Jessica, no queriendo perder su ventaja.

—Pero, Dottie, no me la puedo llevar al cobertizo. Allí hace un frío terrible. Primero tengo que ponerle la lona.

—Bueno, ponle la lona, y todavía tendremos tiempo de limpiar este cuarto para Navidad.

—Eso parece sensato — asintió mi padre.

—Pero no comprendéis — expliqué —. Tuve que gastarme todo el dinero para construir la jaula, y luego todo el otro dinero que pude reunir para comprar regalos de Navidad, y...

—Sterling, no sé a qué viene eso — dijo Jessica.

—... y entonces, no me queda dinero para la lona y creo que me costará unos quince dólares.

Jessica miró severamente a mi padre, y éste dijo:

—Bueno, sé razonable, Jessica. Estoy muy ocupado. No puedo saber todo lo que se le mete en la cabeza a Sterling, y no sabía que necesitara dinero para la lona.

Jessica suspiró, dándose cuenta de que los dos no ofrecíamos esperanza y necesitábamos mucho sus cuidados.

—Bueno, por lo menos podré haceros algunas comidas decentes y limpiar esta casa.

—Está perfectamente limpia — protesté —. He barrido todos los cuartos y he sacudido todos los felpudos y he limpiado los cuartos de baño. No sabes cuánto he trabajado para poner bonito esto para cuando llegaras. Y, además, nos gusta lo que guisamos, y no queremos una ama de llaves. Hablas como Theo.

—Estamos contentos — dijo mi padre —. Todo lo contentos que podemos estar desde que murió tu madre.

—No te pongas sentimental — dijo Jessica ferozmente, limpiándose las lágrimas de sus ojos —. ¡Esperad a que busque un delantal! Y además, vais a tener una ama de llaves, os guste o no.

La víspera de Navidad envolvimos nuestros regalos secretamente en diversos cuartos, disimulando algunos en paquetes de formas extrañas. Los arreglamos según los destinatarios: los que eran para mi padre, en la proa de la canoa, los que eran para Jessica, en la popa; y los míos, en medio.

Después de cenar pronto, hicimos entrar a los animales, primero Pillastre, para darle tiempo de estar despierto en la festividad, luego Wowser, y finalmente los gatos elegidos. Jessica inmediatamente se enamoró de mi mapache. Y cuando vio cómo se esforzaba por meter la mano a través de la alambrada para tocar las chucherías del árbol de Navidad, me perdonó por construir la barricada.

El leño de Navidad [1] ardía en la chimenea, derramando luz sobre el árbol y sus adornos, y haciendo que la tela metálica brillara como una telaraña cubierta de rocío. El cargamento de regalos empaquetados de colores intrigó mucho a mi mapache.

Los animales, como los niños, encuentran difícil esperar un regalo que está casi a su alcance. Así que siempre les dábamos a ellos primero sus obsequios. Cada gato recibía un ratón de juguete, que les ponía, aun a los más viejos, tan juguetones como gatitos pequeños, y que producía cierta dosis de gruñidos por el afán de posesión. Para Wowser, a quien no dejábamos salir de su toalla de baño junto a la chimenea, yo tenía un collar nuevo que había hecho Gart Shadwick. Pero para mi animalito predilecto, Pillastre, sólo tenía caramelos y pecanes de Navidad, no habiendo sido capaz de pensar ninguna otra cosa que pudiera necesitar.

Al abrir los paquetes de la familia, actuábamos por turno. Esto nos daba ocasión de admirar todos los objetos y expresar nuestra gratitud. Había muchos libros bien elegidos, corbatas, calcetines, guantes, bufandas... todo ello bien recibido.

Los mejores regalos llegaron al final. Theo y Norman habían sido verdaderamente derrochones. Habían manda-

---

1. Se alude a la costumbre anglosajona de tener encendido un gran tronco en la chimenea en el momento culminante navideño. (*N. del T.*)

do a Jessica un manguito de piel y a mi padre un gorro de castor. A mí me habían mandado unos patines de hielo, que escaseaban mucho en nuestra región en aquellos tiempos. Con ansia esperé nuestro próximo partido de hockey.

Mi padre sacó del bolsillo una bolsita de ante y extendió en la mano siete ágatas bellamente cortadas y pulidas. Presentaban los matices de la cola de Pillastre, desde un amarillo dorado, pasando por un pardo de hoja de roble, hasta un marrón oscuro. Con inesperada previsión, había mandado nuestras mejores piedras en bruto encontradas en el Lago Superior a una casa de talla de piedras preciosas, en Chicago, encargando que las devolvieran a tiempo para Navidades.

A mi padre le gustó nuestra reacción: eligió tres ágatas para Jessica y tres para mí. Luego, hizo una cosa muy sorprendente: llamando a Pillastre, le entregó la hermosa piedrecita que el propio mapache había encontrado.

Siempre fascinado por los objetos brillantes, Pillastre la tocó cuidadosamente, y se sentó, sosteniéndola entre las manos para examinarla y olerla, luego se la llevó al rincón donde guardaba sus monedas y la dejó caer sin ceremonias entre sus demás tesoros. Volvió gorjeando alegremente.

Eso muy bien podría haber sido la cumbre de los regalos. Pero todavía quedaba un paquete más grande en medio de la canoa. "Para Sterling, de Jessica". Yo tenía mucha curiosidad, pero no podía imaginar qué sería. Al quitar el papel, encontré un regalo increíble: lona blanca, pesada y fuerte, suficiente para cubrir toda mi canoa. Estuve a punto de llorar sin querer, pero Jessica salvó el asunto.

—Ahora quizá podremos sacar la canoa del cuarto de estar — dijo.

Wowser, Pillastre y los gatos pronto se durmieron a nuestro alrededor. Mi padre pidió a Jessica que leyera el segundo capítulo de San Lucas, como había hecho madre en tantas Nochebuenas.

"Ocurrió en aquellos tiempos que dictó una orden el emperador Augusto...

"... y parió a su hijo primogénito, le envolvió en pañales y le puso en un pesebre, porque para ellos no había sitio en la posada...

"Había unos pastores en aquella tierra, que vivían en el campo, y velaban los turnos de la noche con su rebaño...

"Y se les apareció un ángel del Señor... y se llenaron de gran temor..."

Suavemente, a través de la nieve en el viento, llegaron los acordes del órgano de la iglesia tocando "Noche feliz".

Retiramos a todos los animales, excepto a mi mapache; los gatos se fueron a enroscar en el heno del cobertizo, Wowser, a dormir en sus mantas, en la caseta de doble pared, pero Pillastre se acostó conmigo. Al quedar dormido, me pregunté si a medianoche los mapaches hablan, como dicen que hablan otros animales.[1]

Es bueno recordar que me dieron aquellos rápidos patines relucientes a tiempo de poderlos usar durante tres felices inviernos. El cuarto invierno, estaba yo paralítico en una silla de ruedas. Y aun cuando volví a andar, nunca pude volver a patinar.

A mis doce años, sin embargo, podía patinar todo el día, jugar al hockey durante horas seguidas y trazar figuras sencillas en el hielo. Es la cosa más próxima al vuelo que ha logrado el hombre. O así me lo parece en el recuerdo.

Había enseñado a Pillastre a hacer de gorro vivo de piel. Se agarraba fuerte a mi mata de pelo, apoyaba sus recias patas de atrás en el cuello de mi chaqueta, y disfrutaba las más locas carreras que jamás había experimentado, al deslizarnos de un lado para otro por el estanque de hielo de Culton, al sur de las vías del tren.

Slammy Stillman, que tenía los tobillos flojos, además de los sesos débiles, llegó un día al estanque de Culton, se sujetó los patines y se metió tambaleando en la alegre multitud. Pillastre y yo vimos la oportunidad de una venganza bien merecida. Sin tocar siquiera al fanfarrón del

1. En los países anglosajones, una leyenda popular decía que en Nochebuena, a medianoche, los bueyes y las mulas adquirían el habla. (*N. del T.*)

pueblo, nos precipitamos hacia él y dimos oportunamente media vuelta, para proyectar una nube de polvo de hielo contra su fea cara.

Él cayó gritando: ¡Mapache rabioso! ¡Mapache rabioso! Te voy a dar una lección.

Pero la risa burlona de cincuenta chicos y chicas debe resonarle todavía en los oídos. Nunca volvió a darnos otro momento de molestia a ninguno de los dos.

El teléfono, en la pared del cuarto de estar, sonó insistentemente por toda nuestra casa a las dos de la madrugada de una neblinosa mañana de febrero. Me levanté de un brinco para contestar. La voz que llegó resonando por el cable era la de mi tío Fred.

—¿Está ahí tu padre?

—Duerme arriba.

—Bueno, despiértale, Sterling. Hace buen tiempo para retirar el tabaco.

—¡Tiempo de retirar el tabaco! — grité excitado —. Y estaremos ahí en menos de una hora si podemos hacer arrancar el Oldsmobile.

—Muy bien, hijo.

—¿Puedo llevar a Pillastre?

En el otro lado hubo una risa benévola.

—Claro, tráele también. Necesitamos todos los brazos que podamos reunir.

—¡Papá, tiempo de retirar el tabaco! — grité por la escalera en curva —. El tío Fred nos necesita en seguida.

Encendí fuego en el fogón, preparé café y un plato de huevos y me apresuré a despertar a Pillastre, que llegó a la cocina parpadeando como un búho soñoliento.

Ciertamente, era tiempo de retirar el tabaco: una niebla tan espesa que se podía cortar con un cuchillo. Cuando acabamos de comer, pusimos en marcha el auto y al llegar más allá de las luces del pueblo, nos preguntamos si seríamos capaces de seguir las heladas roderas.

En las ventanas de casi todas las granjas se veía brillar

luz de lámparas. Linternas con halos de niebla se balanceaban por los senderos que llevaban a los cobertizos de tabaco.

En ocasiones así — generalmente un deshielo repentino en febrero — se ablandan las hojas del tabaco y era posible manejarlas sin hacerse daño. La atmósfera tibia y húmeda puede cubrir la región sólo unas horas o varios días. En ese intervalo imprevisible, todos los listones cargados de plantas de tabaco tienen que ser retirados de los bastidores de secado, y amontonados en el cobertizo de escardar, para taparlos allí con lona que evite que se hielen las hojas húmedas. Era un trabajo para partirse el espinazo, a gran velocidad pero lleno de una especie de emoción desesperada: un acontecimiento deportivo en que cada cultivador de tabaco apostaba toda la cosecha del año.

Cuando empezaba ese tiempo, esperábamos que el tío Fred nos llamaría, a cualquier hora del día o de la noche. Y el número de autos y calesines que avanzaban a ciegas a través de la niebla mostraba que otros muchos de Brailsford Junction iban a algo semejante.

El auto conservaba las cadenas todo el invierno, y agradecimos mucho ese esfuerzo de tracción, al resbalar por el fango y el lodo. Pero por fin llegamos sanos y salvos a la vieja casa.

Sin detenernos en la cocina alumbrada con lámparas donde sin duda la tía Lillie preparaba un festín madrugador, nos apresuramos al mayor cobertizo de tabaco, donde ya el tío Fred y mis tres primos estaban subidos entre las vigas haciendo bajar el oloroso y flexible tabaco. Pillastre y yo trepamos rápidamente a las vigas para ocupar nuestro lugar en ese ascensor humano. El mapache estaba ligeramente desconcertado con ese nuevo juego. Pero le gustaba la emoción y se quedó contento con instalarse al lado, brillándole los ojos, verde-dorados a la luz de la linterna. Debía pensar que estábamos un poco locos, en una forma inofensiva.

Trabajé duro y de prisa en esas altas vigas casi durante

una hora, pero no podía igualar a mi padre, y desde luego no podía competir con el tío Fred y sus tres robustos muchachos. Verdad es que los travesaños con plantas de tabaco no eran tan pesados como cuando la cosecha, pero pesaban de sobra cuando yo me equilibraba entre las vigas. Tratando de mantenerme en vilo, dejé caer un travesaño con tabaco. Cayó treinta pies hasta el suelo, fallando por unos dedos a los hombres que había abajo. Esa fue mi primera indicación de que me estaba cansando, y mi padre dijo tranquilamente:

—Sterling, sería mejor que te llevaras tu mapache y entraras a ver a tu tía Lillie.

Me sentí avergonzado de haber dejado caer el tabaco y haber demostrado una vez más que no era capaz de hacer el trabajo de un hombre mayor. Pero dejar caer otro travesaño podría significar hacer daño a alguno de abajo. Así, llevándome a Pillastre y una de las linternas, subí por el declive hasta la puerta de la cocina.

La tía Lillie me abrazó, dio unos golpecitos al mapache, y dijo:

—No debíamos haberos llamado a las dos de la mañana... Ven a tomar café y bollos calientes.

—Me gusta este tiempo del tabaco — dije —, y estos bollos son estupendos. — Di un bocado a Pillastre, que inmediatamente pidió más.

—Me alegro de que hayas entrado a visitarme, Sterling. ¿Cómo se las arreglan mis hombres?

—Hemos bajado cuatro filas en un lado — dije —. Quizá la cuarta parte de la cosecha... pero dejé caer un travesaño, tía Lillie.

—Bueno, no eres más que un chiquillo — dijo tía Lillie.

—Ya no soy un chiquillo — protesté —. Tengo doce años, y peso casi cien libras. Con Pillastre en el hombro, peso ciento once.

—Los dos estáis creciendo — dijo tristemente tía Lillie —. No me gusta ver cambiar las cosas... los niños que crecen, sus padres que se hacen viejos...

150

—Tú no eres vieja, tía Lillie.

—Tengo cuarenta y siete años.

—Esa era la edad de mi madre — dije —. ¿Tendrá para siempre cuarenta y siete años, tía Lillie?

La tía Lillie se quedó un momento sin contestar, y luego me preguntó si quería más café y bollos. Durante un rato estuvimos sentados en silencio, cada cual con sus pensamientos.

—Bueno, Sterling — dijo por fin tía Lillie —, supongo que acabarás por ir a la Universidad, aprenderás una profesión y llegarás a ser algo.

—Lo damos por supuesto... ir a la Universidad.

—Tu tío Fred nunca mandará a nuestros muchachos... ni siquiera les dejará que acaben la escuela ganándose la vida por su cuenta.

No había amargura en su voz. Exponía como un hecho positivo que no podía cambiarse. Comprendí la situación mejor de lo que ella imaginaba. El tío Fred era el único tío, por ambos lados de la familia, que había dejado los estudios antes de graduarse. Yo le había oído decir que no quería que ninguno de sus muchachos tuviera ideas de superioridad por creer que sabía más que él.

La tía Lillie, sin duda, pensaba que la vida en la vieja granja era el paraíso. Pero yo empezaba a ver en su rostro líneas de preocupación.

—Bueno, ¿qué profesión has elegido?

—No lo he pensado mucho, tía Lillie. Pero quizá seré médico.

—Ah, no, Sterling. No puedes ser médico... eres demasiado tierno de corazón. Yo una vez ayudé al doctor Mac Chesney cuando...

Comprendí que recordaba el brazo aplastado de un jornalero que se lo había pillado en la cortadora de ensilado. Le habían amputado el brazo en esta mesa de la cocina, y tía Lillie le había dado el cloroformo.

—No, quizá no podría ser médico.

—Creo que sé lo que tu madre habría deseado — dijo tía Lillie.

Y se parecía tanto a mi madre al decirlo, que me pregunté con quién hablaba yo a la luz de la lámpara en ese mundo amortajado por la niebla. La escuché como si efectivamente hablara mi madre.

—Creo que le habría gustado que fueras escritor.

—¿Escritor?

—Y entonces podrías escribirlo todo — dijo tía Lillie —, como es ahora... lo del tabaco, la niebla, la luz de la linterna... y las voces de los hombres — óyelos — que vienen a desayunar. Podrías conservarlo así para siempre.

CAPÍTULO NOVENO

Marzo
y
Abril

A principios de marzo empezaron a aparecer los primeros signos de primavera. Mis marmotas salieron de sus agujeros de debajo del cobertizo para lanzar una mirada cauta al mundo, y decidieron que sería más prudente seguir durmiendo unas cuantas semanas más. Los ratones de los prados se abrieron paso a través de la vieja costra de nieve para observar el cielo; y sus grandes parientes, las ratas almizcladas, hicieron exploraciones semejantes desde sus estanques y ríos para mordisquear cualquier vegetación que mostrase algún matiz verde.

Al acercarse la temporada de apareamiento, las gatas maullaron y se pasearon para atraer a los gatos de la vecindad. Conejos de rabo algodonado salieron dando golpes por el suelo y clamando en busca de compañía. Y las mofetas vagaron millas y millas buscando ese consuelo que sólo puede dar otro animal de su especie.

Pillastre se iba volviendo inquieto y poco razonable. En una noche de luna oí horripilantes aullidos de cólera. Empuñando una linterna, salí y encontré a Pillastre y otro mapache, indudablemente macho, tratando de atacarse a través de la alambrada. Ahuyenté al intruso y curé los arañazos de Pillastre. Otra noche oí un ruido bien diferente: el arrullo trémolo de una amorosa hembra mapache tratando de alcanzar a Pillastre con intenciones más románticas.

Yo tenía sólo doce años, pero no ignoraba el significado de la primavera. El suspiro del viento a través de los empenachados sauces y las voces inquietantes de la noche me agitaban casi tanto como a los demás animales jóvenes que entonces se despertaban.

En una semana de tiempo intempestivamente tibio, pusimos las puertas oscilantes: la primera noche que dejamos las puertas abiertas, Pillastre me hizo una visita por sorpresa. Evidentemente, había aprendido a levantar el gancho de su cáncamo, en la puerta de su jaula, y no se le había olvidado el modo de abrir la puerta trasera de la casa. Llegó a mi alcoba gorjeando alegremente, y se metió bajo las mantas.

Podría haber puesto un candado en la puerta, pero resolví que no. Hubiera sido una recompensa groseramente injusta a la destreza de Pillastre y a su evidente deleite el encontrar su camino a la libertad.

Sin embargo, cuando una noche posterior mi mapache asoló el gallinero del señor Thurman, comprendí que se estaba agotando el tiempo de nuestro idilio de un año.

Después de Navidad, había pasado muchas horas terminando la canoa. La parte más difícil fue tensar y sujetar la pesada lona mientras el rudo tejido estaba empapado. Este proceso hizo un flaco servicio a la alfombra del cuarto de estar. Pero me puse tan contento con el resultado final, que mi padre no me regañó demasiado. Le pedí que diera un golpe en la lona, que se había encogido tan tensa como un tambor al secarse sobre las costillas. Pudo ver por sí mismo la ventaja de clavarla cuando estaba mojada.

Completé las puntas de la proa y la popa con plancha de cobre, extendí una moldura por la regala, añadí compartimientos cubiertos en cada extremo, para aparejos de pesca, y atornillé una quilla exterior.

—Podría ser prudente pintarla en el cobertizo — sugirió mi padre.

—Parece razonable — asentí.

—El verde que has elegido será muy bonito en el agua — continuó —, pero no va muy bien con los demás colores de la alfombra.

La canoa era más pesada de lo que pensaba que iba a ser, de modo que pedí a dos buenos amigos míos — Art Cunningham, un maniático de la pesca, como yo, y Royal Ladd, que tenía un piano de verdad —, que me ayudaran a llevar la canoa al cobertizo, donde la montamos en caballetes. Trabajamos juntos en barnizar el interior suavemente lijado y en esmaltar el exterior con cuatro manos de verde brillante. Era una cosa hermosa aquella larga canoa de fluidas líneas.

La botadura fue en el arroyo Saunder, que con el deshielo había crecido varios palmos por encima de su nivel. En algunos sitios, las oscuras aguas de la inundación se habían extendido más de una milla en anchura a través de los pantanos. Art Cunningham y yo efectuamos la primera prueba de la embarcación, esbelta como un lápiz, deslizándonos sobre cercas de prados, girando en plácidos remansos, y marchando por la corriente principal abajo con la facilidad de un pez o una ave acuática.

Como en el Brule, Pillastre iba en la proa, fascinado, igual que siempre, por la velocidad y el peligro.

Salvo por el éxito de la canoa, hubo poco de que estar contento conforme avanzaba la estación. Thurman tenía su escopeta cargada, esperando otra nueva incursión en su gallinero.

Y, otro hecho casi igual de desgraciado, Theo y Jessica por fin se habían salido con la suya. Íbamos a tener una ama de llaves todo el día, la quisiéramos o no. Se afirmaba que la señora Quinn estaba muy cualificada en todos los aspectos: de cierta edad, fea, limpia hasta la manía, y sin consentir tonterías. Examinó minuciosamente nuestra casa, pasó el dedo por los muebles para enseñarnos el polvo, y pidió mi alcoba para ella.

—Esto es, si decido aceptar el puesto — añadió la señora Quinn —. Se lo haré saber dentro de un par de semanas.

Era tristemente evidente que mi padre no podría hacer frente a nuestra nueva ama de llaves. Pero puesto que nos concedían dos benditas semanas en que maniobrar, decidí construir una segunda línea de defensa. La alcoba de atrás, ahora desocupada, fue prácticamente inexpugnable una vez que le puse una fuerte cerradura y me embolsé la llave. Expliqué a mi padre que me haría la cama y limpiaría mi cuarto, dejando que la señora Quinn se cuidara del resto de la casa como mejor le pareciera.

Se había expresado con toda firmeza: "¡Nada de animalitos en la casa!"

Pensé que quizá podría eludir esa irrazonable disposición preparando una nueva entrada a mi alojamiento. Detrás de la amplia y aireada alcoba había un pequeño estudio, en el extremo mismo de la casa. Este también quedaría salvaguardado por la llave de la puerta de la alcoba. Y ese pequeño cuarto de atrás proporcionaba otra ventaja: una ventana, en lo alto de su tejadillo, ofrecía incitantes posibilidades.

Cortando tablillas de dieciocho pulgadas de largo cada una, las clavé una encima de otra, a intervalos convenientes, por la casa arriba, hasta esa ventana de atrás. Así Pillastre podría trepar a verme siempre que quisiera. También podría recibir convenientemente a algunos de mis otros amigos más o menos humanos, en su mayor parte chicos de doce años.

Cuando enseñé a mi padre esa nueva escalera, se limitó

a suspirar y a sugerir que pintara las tablillas del mismo color de la casa. Pensé que eso era una excelente idea, puesto que las hacía prácticamente invisibles. Mis enemigos jamás podrían observarlas. En cualquier caso, no sabrían la llamada secreta: Ta-tacatá-ta-TA-TA, el ritmo fácilmente pegadizo de "Una copita de ojén".

Con la constante compañía de Pillastre en todos esos preparativos, estaba muy animado en mis estratagemas para engañar a la señora Quinn. Pero en el fondo de mi corazón, sabía que ninguno de esos planes aseguraba la vida de Pillastre. Corría el peligro constante de que le pegaran un tiro.

Además, ahora que había crecido hasta su juventud adulta, no era tan feliz como de cachorrillo domesticado. Me daba cuenta de que yo era egoísta y desconsiderado al apartarle de su vida natural en los bosques.

En mis oraciones, en aquellos días, siempre ponía primero a Pillastre: "Bendice a Pillastre y a Papá y a Theo y a Jessica y a Herschel. Y hazme un chico bueno, Dios mío; Amén". Seguramente me daba cuenta de que nadie necesitaba tanta protección como mi mapache.

Los catorce días de gracia pasaron con excesiva rapidez, y se acercó el terrible momento en que la señora Quinn había de confirmar su aceptación e instalarse en casa, con bolso y equipaje. Estaba seguro de que echaría a los gatos con la escoba, que sacudiría el delantal contra el cuervo, que heriría los sentimientos de Wowser hablándole con brusquedad y que se empeñaría en que pusiera un candado a la jaula de Pillastre. La había asustado mi mapache el día en que nos inspeccionó, y podría llegar a ser su enemiga mortal.

Un sábado tibio y agradable tomé mi decisión. Recuerdo todos los detalles del día, hora por hora. Pillastre y yo habíamos dormido en mi nueva alcoba. Bajamos los quince escalones de la escalera en curva, y comimos como de costumbre en la mesa del comedor. Pillastre no se portaba bien esa mañana. Caminó derecho a través del mantel hasta el azucarero, levantó la tapa y se sirvió dos terrones. Trece libras de mapache en el comedor es un buen centro de mesa. Pero sabiendo en mi corazón lo que yo conspiraba, no podía regañarle ni pegarle.

Dije a mi padre que Pillastre y yo estaríamos fuera toda la tarde, hasta el anochecer, en un largo paseo en canoa. Creo que comprendió lo que proyectaba yo. Nos miró muy comprensivamente.

Tomamos emparedados de jalea, refresco de fresa y más de una libra de pecanes de cáscara blanda. Llevé a Pillastre adonde aguardaba mi canoa, a la orilla del arroyo desbordado. Un momento después, estaba lanzada a la rápida corriente. Sin saber nada, mi mapache se puso en la proa, viniendo de vez en cuando a verme en busca de otro pecán. Recuerdo que pensé que era triste que Herschel no hubiera vuelto a casa a tiempo de ver mi hermoso animalito.

Flotamos por el río abajo, agachándonos para pasar los puentes. Pronto entramos de prisa en el río Rock, y subimos corriente arriba hacia el lago Koshkonong. Pillastre se durmió en las horas que pasé esforzándome contra la corriente. Se despertó a la puesta del sol, cuando llegábamos al tranquilo espejo del propio lago, y nos dirigíamos al oscuro y salvaje promontorio llamado Punta Koshkonong.

Era un anochecer de luna llena, muy parecido al anochecer en que encontré a mi amiguito y me le llevé a casa en la gorra. Ahora Pillastre era un tipo gordo, animoso, trece veces más pesado que la inerme criatura a la que alimentaba con leche tibia a través de una paja. Era muy capaz, en muchos sentidos: capaz de apoderarse de todo el alimento que necesitara en un arroyo o en una ensenada pantanosa. Sabía trepar, nadar y casi hablar. Al reflexionar sobre esas habilidades, me sentí a la vez orgulloso y triste.

Entramos por la boca del río Koshkonong a la luz de la luna, remando por esa corriente río arriba, durante varios centenares de pies, hasta lo hondo de esa húmeda soledad. Es un sitio rico en pescado y cangrejos de río, almejas de agua dulce, ratas almizcladas y anadones; las muchas formas de vida que prefieren la soledad silvestre y el agua. Los pajarillos gorjeaban, los sapos hacían sonar sus graves violines, y un pequeño búho rechinante lanzó una nota temblorosa que recordaba la de Pillastre cuando era más pequeño.

Yo había resuelto dejar que mi mapache tomara su propia decisión. Pero le quité el collar y la correa y me los guardé en un bolsillo de mi chaqueta de pana, como algo con que recordarle si prefería abandonarme. Nos quedamos quietos en la canoa, escuchando los sonidos nocturnos que nos rodeaban por todas partes, pero en busca de un sonido en particular.

Llegó por fin, el sonido que yo esperaba, casi exactamente que el trémolo arrullador que habíamos oído cuando la romántica hembra mapache había tratado de acercársele a través de la tela metálica. Pillastre se puso cada vez más excitado. Pronto respondió con otro arrullo, ligeramente más grave. La hembra se acercaba ahora por el borde de la corriente, lanzando su llamada plañidera, infinitamente tierna y solícita. Pillastre corrió a la proa de la canoa, esforzándose por ver a través de la luz de la luna y de las sombras, olfateando el aire y haciendo preguntas.

—Haz como te parezca bien, mi mapachito. Es tu vida —le dije.

Vaciló un minuto largo, se volvió a mirarme una vez, y luego dio una zambullida y nadó hasta la orilla cercana. Había decidido unirse a esa hembra en trance, allá entre las sombras. Sólo les observé en un atisbo, en un claro de luna, antes de que desaparecieran para empezar su nueva vida juntos.

Dejé los pecanes en un tocón junto al agua, con la esperanza de que Pillastre los encontraría. Me fui, remando rápida y desesperadamente, del sitio donde nos habíamos separado.

ÍNDICE